# prochain
# rendez-vous
# dans le
# pot de fleurs

Titre original :

FOURTEEN

*Pour Jessica Meyers*

**Une production de l'Atelier du Père Castor**

© 1983 - Marilyn Sachs
Published by arrangement
with E.P. Dutton, Inc - New York.

© 1986 Castor Poche Flammarion
pour la traduction française et l'illustration.

MARILYN SACHS

# prochain rendez-vous dans le pot de fleurs

traduit de l'américain par
ROSE-MARIE VASSALLO

illustrations de
YVES BEAUJARD

castor poche flammarion

**Marilyn Sachs**, l'auteur, est née à New York. Elle s'est occupée pendant une dizaine d'années de la section « Livres pour enfants et adolescents » à la bibliothèque municipale de Brooklyn, avant d'exercer la même fonction à l'autre bout des Etats-Unis, à San Francisco en Californie où elle vit avec son mari sculpteur et leurs deux enfants. Aujourd'hui, Marilyn Sachs se consacre entièrement à son métier d'écrivain. Les nombreux livres qu'elle a écrits ont recueilli toutes sortes de récompenses et surtout un franc succès auprès de son public de jeunes lecteurs.

« Être l'enfant d'un écrivain n'est pas toujours une sinécure, nous dit-elle, mes enfants sont là pour le dire. Les auteurs de romans ont tendance à fourrer leur nez partout, de vraies belettes. Toujours en quête de nouveaux matériaux, de détails vrais — et où mieux que chez soi commencer cette chasse sans trêve ? Aussi, *Prochain rendez-vous dans le pot de fleurs* est-il avant tout une sorte de *mea culpa* vis-à-vis de mes enfants, pour leur demander pardon d'avoir parfois, de par le passé, empiété sur leur vie privée (et pour les prévenir aussi que je risque fort de recommencer). Mais c'est en même temps un roman à énigme, le premier que j'ai écrit, mais non le dernier je l'espère.

« Je ne sais pas pourquoi, mais je me suis rendu compte que les ''quatorze ans'' étaient totalement délaissés dans la littérature pour la jeunesse. Dans la plupart des livres que j'ai lus, les héros ont soit treize ans, soit quinze ans mais très rarement quatorze. Je me rappelle être tombée amoureuse de mon voisin de classe alors que, précisément, j'avais quatorze ans ! J'abandonnais alors stylos, crayons et livres dès qu'il lui arrivait de regarder dans ma direction.

« Je sais donc, "par expérience", que des choses intéressantes arrivent aux quatorze ans. Et je sais aussi, que des gens sans aucune affinité au départ peuvent, comme Rebecca Cooper et Jason Furst, devenir de vrais amis malgré leur façon différente de voir les choses. Ce livre est un peu un roman d'amour, d'amour naissant entre deux êtres que rien ne rapprochait au départ, et qui se trouvent avoir quatorze ans. »

Du même auteur, traduits en français : *Du soleil sur la joue* (n° 7), *Une difficile amitié* (n° 28), *Le livre de Dorrie* (n° 57).

**Rose-Marie Vassallo**, la traductrice, vit en Bretagne avec son mari et ses quatre enfants.

« Pour moi, dit-elle, ce livre est d'abord une énigme bien menée, alerte et qui ne sent pas la « recette », et qu'on peut apprécier sans complexe même si l'on n'a pas les quatorze ans réglementaires — qu'on ne les ait pas encore ou qu'on les ait perdus de vue. Et puis c'est un pied-de-nez plein d'humour aux romans à l'eau de rose, où les héros sont de grands-beaux-garçons (sportifs-et-qui-adorent-les-animaux) et où les héroïnes (douces et belles) sont toujours appelées à de hautes destinées, poète ou danseuse étoile... Le petit coup de patte au papa poète et à la maman femme de lettres ne sont pas mal venus non plus. Rebecca veut être pharmacienne... »

**Yves Beaujard**, l'illustrateur, connaît bien les Etats-Unis pour y avoir séjourné et travaillé en tant qu'illustrateur et graveur durant une dizaine d'années. Il vit maintenant en France, dans un village proche d'Arpajon avec sa femme et ses deux enfants.

**Prochain rendez-vous dans le pot de fleurs :**
La vie n'est pas comme dans les livres, c'est du moins l'avis de Rebecca. Sa mère, qui écrit des romans, y dépeint des héroïnes qui *ressemblent* à Rebecca, mais à qui il arrive toujours des quantités de choses exaltantes. Alors qu'à Rebecca, qui vient d'avoir quatorze ans, il n'arrive jamais rien...

Jusqu'au jour où de nouveaux voisins viennent s'installer dans l'appartement d'à côté — Une femme froide, distante et même hargneuse, et un garçon de quatorze ans qui n'a vraiment pas l'air heureux : son père aurait mystérieusement disparu. Tout va changer pour Rebecca. Mais la vie, décidemment, n'est pas comme dans les romans roses...

# Chapitre 1

Maman vient de mettre un point final à son tout dernier roman. Cette fois, c'est une histoire d'amour, une romance entre adolescents, et le jour où elle m'a confié qu'elle se lançait là-dedans je n'ai pas été spécialement enchantée. Il faut dire que jusqu'à présent, malgré des efforts louables, Maman n'a jamais réussi à écrire une seule histoire dans laquelle je ne me retrouve pas au moins un peu (et le plus souvent beaucoup — beaucoup trop à mon goût).

Des livres, elle en a écrit quatorze jusqu'ici, albums y compris — un pour chaque année de ma vie. Et tous, sans exception, tournent plus ou moins autour de mon histoire personnelle, de la manière la plus détestable qui soit. Et je les ai tous détestés, en bloc et en détail. Pour les tout premiers, bien sûr, je ne me suis doutée de rien. C'est seulement vers l'âge de six ans que j'ai compris mon infortune. Le cinquième album venait de paraître (sous le titre alléchant de *Rebecca à l'école*), et ma meilleure amie de l'époque, Karen, s'était fait un malin plaisir de souligner pour moi tout ce qui venait fausser la ressemblance entre cette Rebecca et moi.

– D'abord, elle est bien plus jolie que toi, la Rebecca du livre ; même quand on est entrées à la maternelle, je me souviens bien, tes cheveux ne bouclaient pas comme ça. Et puis elle est bien mieux habillée. Toi, tu as toujours eu des plis partout et des chaussettes qui dégringolaient, tu ne te souviens pas ? En plus, tu n'as jamais eu autant d'amis qu'elle. Et tu avais le nez qui coulait tout le temps, Mme Jamison n'arrêtait pas de te dire de te moucher...

Ce jour-là, en rentrant de chez Karen,

j'ai piqué une jolie crise, la première de toute une série. J'ai dû m'en rouler par terre, si ma mémoire est bonne. En tout cas j'ai poussé des cris à vous en percer le tympan. A la fin de cette petite comédie, Maman avait les yeux brillants de larmes. Elle m'a prise dans ses bras et m'a demandé pardon d'avoir « peut-être un peu » empiété sur ma petite vie privée.

— Je ne le ferai plus, va, m'a-t-elle promis. Plus jamais jamais.

Mais à la sortie du livre suivant, devinez qui je reconnaissais sous l'héroïne principale ?

Maman a plaidé non coupable.

— Où vas-tu chercher ça ? s'est-elle récriée. D'abord, tu vois bien, ce n'est plus Rebecca. C'est Nancy, et elle a trois sœurs...

— Oui, et des tonnes de taches de rousseur comme moi, surtout en été, sans parler de ses yeux bleus et...

— Des tas de gens ont les yeux bleus et des taches de rousseur, tu sais, a fait valoir Maman.

— Et des tas de gens ont du mal à prononcer les *ch*, sans doute ?

– Ecoute, m'a dit Maman, très sérieuse. Personne n'aura l'idée d'aller penser que c'est toi. Songe un peu à tout ce qui lui arrive, à Nancy ! Elle se fait opérer des amygdales, alors que tu n'as jamais mis les pieds dans un hôpital. Son père lui achète une grande belle maison de poupée...

– Ouais ! Juste comme celle dont j'ai toujours rêvé, n'ai-je pu me retenir de railler.

– Enfin, chérie, tu sais bien que ça coûte beaucoup trop cher pour nous ! a tenté de me raisonner Maman. Et puis Papa t'en a bricolé une, que je sache. Personne n'a jamais eu une maison de poupée comme la tienne.

Là, elle n'a pas tout à fait tort. Mon père se flatte d'être un excellent bricoleur, et la maison de poupée qu'il m'a confectionnée, voilà déjà pas mal d'années, tient toujours debout (quoique un peu de guingois) dans un coin de ma chambre. Rien à voir, il faut l'avouer, avec la petite merveille que le père de Nancy offre à sa fille dans le sixième livre de Maman. Chaque année, je me dis :

« Bon, cette fois, je vais pouvoir m'en débarrasser. Maintenant que j'ai douze ans (treize ans, quatorze ans, rayez la mention inutile), Papa n'en sera pas blessé, il comprendra que je suis trop grande. Seulement, voilà : c'est un geste qui me pèse. Papa voit dans cette maison de poupée son chef-d'œuvre personnel, le couronnement de ses talents d'ébéniste. Et moi je l'aime trop (Papa, mais la maison de poupée aussi, j'en ai peur), pour me résoudre à ce sacrilège. Quelque chose me dit que je ne m'en déferai jamais, de cette maison de poupée. Que je l'emporterai avec moi quand je quitterai la maison, quand je me marierai et que j'aurai des enfants. Si ça se trouve, quand je mourrai, quelqu'un dira : "Et cette maison de poupée ? Elle l'aimait tant ! Il faut la mettre dans sa tombe." »

Mais je m'égare. Je parlais de ma mère et de ses livres. De ses albums de Rebecca et autres. Pour moi, albums ou vrais livres, ce sont toujours des « albums de Rebecca ». Même s'il s'agit désormais plutôt de petits romans, et si les héroïnes se prénomment Nancy, Maryanne, Yoriko ou Sally Jean. Parce qu'au fond, quoi qu'elle en dise, je m'y retrouve toujours — sous un déguisement quelconque.

— Tu vois, m'a dit Maman toute fière, à la sortie de son sixième livre. L'héroïne s'appelle Maryanne, et elle a les yeux noirs et les cheveux bruns et longs. Elle est plutôt petite et ronde...

— Oui, et elle vomit sur les chaussures neuves de sa mère, bien comme moi quand j'ai eu ma grippe.

— Peut-être, a triomphé Maman, mais c'est parce que Maryanne a une leucémie, et ce sont les médicaments qui lui donnent la nausée.

— Est-ce qu'elle va mourir, finalement ? me suis-je enquise, mal à l'aise. Tu ne le dis pas vraiment, à la fin du livre.

— Je ne pense pas qu'elle meure, non, je crois qu'elle va guérir, a dit Maman, mais il faut absolument que tu t'extirpes de la tête cette idée qu'il s'agit de toi, dans mes livres. J'ai fait exprès de dépeindre Maryanne comme ton contraire en tous points.

Mouais. La face cachée de la lune.

D'après mes amies, pourtant, j'ai bien

de la chance. Elles me supplient d'inciter Maman à les inclure dans ses récits, elles aussi. Elles ne comprennent pas ce qu'il peut y avoir d'humiliant à se retrouver, comme dans un miroir déformant, dans tous les textes qu'elle écrit.

— Mais enfin, comment peux-tu te fourrer pareille chose dans le crâne ? s'est exaspérée Maman un jour. Prends Yoriko, par exemple. (C'était son treizième livre paru.) Pour commencer, elle est japonaise par sa mère.

— Et alors ? Moi je suis juive par mon père.

— Rien à voir. Bon, et ensuite, elle s'est entichée d'un garçon qui ne vaut pas chipette.


Là-dessus, mes yeux se sont immédiatement brouillés de larmes.

— Mais enfin, ma grande, qu'est-ce qui te prend ? s'est effarée Maman.

— Tu sais très bien que l'an dernier j'étais folle de Peter Johnson.

— Et après ? Peter est un garçon sympathique, alors que ce garçon qu'admire tant Yoriko est un menteur et un égoïste, qui vole de l'argent à sa mère. Jamais Peter n'aurait fait ça.

— Non, et il ne s'est même pas aperçu que j'existais, non plus. Alors que le James de ta Yoriko...

— Mais tu vois bien que Yoriko, justement, est obligée de le remettre à sa place, aussi.

— C'est bien ce que je veux dire. Tu leur fais faire des choses que je ne fais jamais. Il leur arrive des choses qui ne m'arrivent jamais. N'empêche que tu tires toutes tes idées de moi. Tu n'arrêtes pas de m'épier, de me surveiller. J'ai l'impression de vivre sous l'œil d'une caméra.

Maman en avait le menton qui tremblait.

— Je fais de mon mieux, pourtant. Chaque fois, je suis persuadée que je vais finir par écrire un livre qui plaira à ma Rebecca à moi, la vraie.

— Mais ils me plaisent, tes livres ! ai-je hoqueté. Je les aime bien, je t'assure. D'ailleurs, si tu n'étais pas ma mère, tu serais mon auteur préféré. Seulement, les filles dont tu racontes l'histoire sont

toujours un peu moi, ou le contrai[...]
moi, ou à moitié moi, ou deux fois m[...]
il leur arrive des tas de choses passionnantes, *à elles*...
— Mais à toi aussi, a protesté Maman, la
voix mouillée de larmes à son tour. A toi
aussi, il arrive des choses passionnantes.
— Ah ouais ? Comme quoi, par exemple ?

Elle n'a pas répondu, parce qu'elle
pleurait pour de bon, je crois, et je n'ai
plus eu qu'une idée, tâcher de lui rendre
son sourire, pendant qu'elle se creusait la
tête pour me rendre le mien. A force de
gros baisers et d'étreintes, nous y
sommes parvenues toutes deux, et
Maman m'a promis — promis-juré — de
faire l'impossible pour m'exclure de son
prochain roman.
— Pourquoi n'essaierais-tu pas de t'ins-
pirer plutôt d'Arthur, pour une fois ?
ai-je tenté de suggérer.

Arthur, c'est mon petit frère.

Maman a eu l'air atterrée. Elle a
essayé, un jour, il doit y avoir plusieurs
années, d'écrire l'histoire d'un petit
garçon qui ne vit que pour le base-ball —
comme Arthur. Elle a même fait l'effort

d'assister à tous ses entraînements, tous ses matches. Mais elle a fini par renoncer, parce que le base-ball, pour elle, c'est du chinois. Elle n'y comprenait rien à rien.

– Tu sais bien que j'ai voulu le faire, une fois. Mais l'histoire qui en est sortie était tellement casse-pieds que personne n'en a voulu. Le problème, tu vois, c'est que j'ai du mal à comprendre les garçons. Arthur a été bien brave, il a répondu à toutes mes questions. Mais ce n'est pas pour autant que j'ai compris comment ça tourne dans sa petite tête.

– Eh ! peut-être que ça ne tourne pas du tout.

Maman a eu un sourire, et elle a déclaré, optimiste :

– Mais cette fois-ci, j'en suis sûre, je vais écrire quelque chose qui n'aura rien à voir avec toi.

J'ai dû avoir l'air sceptique.

– Si si, a insisté Maman. Ce sera l'histoire d'une idylle.

– Merci bien, ai-je laissé tombé. De toute façon, il me semblait que Yoriko, déjà...

– Non, pour Yoriko, c'est accessoire. Tu vois bien que ce qui compte, pour elle, c'est la danse, puisqu'elle devient une étoile en puissance.

– Merci encore, n'ai-je pu me retenir de marmonner dans ma barbe.

Comment ne pas songer à ces fameuses leçons de danse classique, quand j'avais dix ou onze ans ? Nul n'avait paru voir en moi la moindre étoile en puissance.

– D'ailleurs, cette fois, l'héroïne s'appellera... Oh, tiens, c'est toi qui va choisir son nom, veux-tu ? Dis un nom, celui que tu voudras. Un nom que tu aimes.

– Euh, Melanie — pourquoi pas ? Pas de danger de confondre avec Rebecca.

– Parfait. Va pour Melanie.

Maman rayonnait, mais je restais sceptique.

– Bon. Et que va-t-il lui arriver, à cette Melanie-là ?

– Oh, je pense que son cœur va battre très fort pour un garçon bien sympathique, et que le garçon le lui rendra, ou quelque chose dans ce goût-là. Ne va pas me dire que c'est une chose qui t'est arrivée à toi.

Là, je n'ai rien pu répondre. Elle n'avait pas tout à fait tort. Je ne crois pas avoir jamais fait battre très fort le cœur du moindre garçon. Que le mien ait battu, d'accord, mais c'était strictement unilatéral... et jamais très prolongé, je dois dire. Plutôt comme une décharge électrique — et encore, pas du deux cent vingt volts ; plutôt le genre clôture à bestiaux. Et à sens unique, j'insiste.

– Je pense que j'intitulerai ça « Premier Amour », poursuivait Maman. Ce n'est peut-être pas très original, mais ça plaît toujours. Et puis, Melanie aura quinze ans. Quatorze, c'est trop jeune, surtout dans un livre ; les éditeurs préfèrent quinze ou seize. Je pense que le garçon aura deux ans de plus. Et Melanie sera jolie, et très douée. Non, pas trop douée. Tu vas encore te hérisser, si je prends une héroïne très douée.

– Ce ne sera pas mieux si tu en fais une idiote, tu sais, parce que je verrai bien que tu essayes une fois de plus d'en faire plus ou moins mon contraire. Tu devrais faire d'elle une élève quelconque, plutôt bonne. Dans les treize ou quatorze sur vingt de moyenne, par là.

– Entendu, a dit Maman. Et mettons qu'elle est déléguée des élèves de sa classe. Lui sera le représentant des élèves de l'établissement... Bien sûr, il faudra qu'ils entrent en conflit, d'une manière ou d'une autre. Par exemple, elle le trouvera trop autoritaire, ou vice versa. Mais à la fin, ils tomberont d'accord et... (Maman avait les yeux brillants.) Tu vas voir, ma grande. Cette fois, tu n'as pas à t'en faire. Cette histoire-là ne fera pas songer à toi.

Voilà, c'est dans cet état d'esprit que Maman a mis en chantier son quatorzième livre *Premier Amour*. J'avoue que je n'y croyais guère, et pourtant, pour une fois, elle a dit vrai : c'est une histoire qui ne ressemble pas à la mienne — mais là, pour une fois, pas du tout.

# Chapitre 2

Maman ne fait guère la cuisine, en semaine. Le mercredi, presque toujours, nous allons à la pizzeria, et les autres jours de la semaine c'est Papa qui se met aux fourneaux. Ce n'est peut-être pas toujours de la cuisine de grand chef, mais c'est de la cuisine inventive, à coup sûr. Et puis, avec un peu de chance, on peut toujours se rattraper sur le dessert, s'il reste un des gâteaux de Grand-mère.

Toute la semaine, Papa fait le fou, il invente des comptines, par exemple.

*Il était une fois*
*Une certaine Rebecca*

*Terriblement gourmande,*
*Qui tartinait son pain*
*De beurre et de raisins*
*Avec en plus des amandes...*

Ou encore :

*Il était un gamin*
*Qui s'appelait Arthur*
*Il trouvait que le bain*
*Il n'y a rien de plus dur*
*Et rien de plus casse-pieds.*
*Et toujours il disait :*
*Vous dites que je sens le lion ?*
*Alors, écartez-vous donc !*

En semaine, Maman s'habille un peu
n'importe comment — avec des jeans et
des pulls à col roulé ou de vieilles
tuniques indiennes fanées. Le week-end,
par contre, changement de décor. C'est
Maman qui cuisine, et nous nous réga-
lons de quiches, de bouillabaisses, de
curry à l'Indienne. Et elle enfile des
pantalons fantaisie, ou parfois même une
robe, et elle fait la maison toute pim-
pante, le samedi, pour le retour de Papa.
Parce que Papa, en week-end, est tou-

jours un peu déprimé — vous allez comprendre pourquoi.

Du lundi au vendredi, Arthur et moi nous levons un peu avant sept heures, et hop, sitôt déjeuné, nous nous mettons en route pour l'école. Nos parents, pour autant que je sache, ne sortent pas du lit avant neuf heures passées ; mais ils ne regagneront pas ce lit avant une heure ou deux du matin, en règle générale. Il faut dire qu'ils écrivent des livres, tous les deux, et tous deux à la maison. L'appartement n'est pas immense, il s'en faut de beaucoup, et Maman écrit dans leur chambre tandis que Papa investit la cuisine. Papa, ce qu'il écrit, ce ne sont pas des livres pour enfants, lui, pas du tout. C'est de la poésie. D'ailleurs, il a tout du poète — la crinière épaisse et sombre, le front haut et pensif, le regard triste et profond. Pas si triste que ça, d'ailleurs, en semaine, quand il griffonne à n'en plus finir sur la table de la cuisine, ou qu'il nous mijote un plat à son idée. Non, c'est le week-end que son regard contient toute la misère du monde, parce que le samedi et le dimanche il va travailler dans la pharmacie de Grand-père, et que ses yeux prennent alors la teinte tragique et tourmentée de ceux du poète authentique.

Le samedi et le dimanche matin, donc, Maman fait tout son possible pour se lever en même temps que lui et prendre son petit déjeuner avec lui. A ces heures indues, Arthur, lui, est toujours levé, et moi cela m'arrive aussi, quelquefois. Arthur est un fervent adepte du breakfast roboratif, parce que son entraîneur dit toujours qu'un grand sportif doit démarrer sa journée sur un petit déjeuner copieux. Alors, Arthur sert à Papa un grand bol de bouillie d'avoine avec des tranches de banane et des raisins secs. Mais Papa n'y touche à peu près jamais. Il se contente de boire son café et de se plonger dans ses idées noires.

— Allons, lui dis-je de cette voix compatissante que nous avons pour lui en week-end. Ne t'en fais pas. Juste un jour, et encore un jour, et après-demain c'est fini.

— Après-demain ! gémit-il. Mais c'est loin, après-demain ! Je ne sais pas si je survivrai jusque-là !

— Mange tes céréales, le presse genti-

24

ment Arthur. Tu vas voir, ça va te donner des forces.

— Il y a eu un accident, sur le pont, cette nuit, dit Papa, morose. Trois morts.

— Mais tu ne passes pas par le pont, alors tu n'as pas à t'en faire.

– Et hier soir une bombe a explosé devant le consulat d'Egypte.

Au grand jamais, en semaine, Papa n'écoute les informations. C'est seulement le samedi et le dimanche, à cause de son radio-réveil, qu'il entend les nouvelles.

– Et la météo, dis ? Que nous promettent-ils, pour aujourd'hui ?

– Beau temps, chaud et ensoleillé.

– Chouette ! se réjouit Arthur. On a un match au parc, cet après-midi. J'avais drôlement peur qu'il pleuve.

– Bof, ils disent toujours ça, « Beau temps, chaud et ensoleillé », fait observer Papa, lugubre.

– Bien sûr, parce que c'est vrai, dis-je. Il fait toujours beau, ici.

Enfin, allez savoir comment, Papa réussit à s'habiller et à se mettre en route pour la pharmacie. Le soir, quand il rentre, Maman l'accueille avec de la musique douce, une maison étincelante, et un grand verre de vin blanc tout frais sitôt qu'il a passé la porte. Elle le regarde avec compassion et ne prononce jamais un mot plus haut que l'autre, les samedis et les dimanches.

— Ah, si seulement je pouvais vendre une de mes histoires aux producteurs de cinéma ou de télévision ! rêve-t-elle parfois tout haut. Votre pauvre père n'aurait plus besoin d'aller travailler à l'extérieur.

— Mais il a été pharmacien à plein temps pendant des années, avant d'écrire des poèmes, lui ai-je fait observer un jour. Il ne s'y est jamais plu, jamais ?

— Non, a répondu Maman, catégorique. Il a toujours détesté ça. Toujours souffert. Je le savais, d'ailleurs, et c'est la première chose que je lui ai dite, quand nous nous sommes mariés : la vie est trop courte pour perdre son temps à faire ce qu'on a en horreur. C'est moi qui l'ai poussé à faire ce qui lui plaisait, en accord avec lui-même. Sans moi, il travaillerait sans doute encore à plein temps dans la pharmacie de son père.

C'est bien aussi l'avis de Grand-mère.
— Sans elle, tiens, tu peux me croire, il travaillerait encore à plein temps dans la pharmacie de votre grand-père.

– Mais Maman dit qu'il n'était pas heureux. Elle dit qu'il détestait ce métier.

– Turlututu, coupe Grand-mère. Il s'y plaisait parfaitement, et les clients l'adoraient. Votre grand-père en était si fier ! Ils allaient devenir associés, et Grandpa aurait pu prendre sa retraite tout doucement. Votre père aurait eu la pharmacie pour lui tout seul, en attendant qu'Arthur soit grand.

– Arthur ne veut pas devenir pharmacien, tu sais. Il veut faire du base-ball. En professionnel.

– Il a le temps de changer d'avis.

– Mais moi je veux bien devenir pharmacienne, Grandma.

Quand je dis ça, Grandma soupire.

– Ton grand-père a déjà soixante-deux ans. Il pourrait prendre sa retraite, ma foi, si ton père daignait seulement revenir à la raison et reprendre cette pharmacie. Il ne gagnera jamais sa vie comme poète. Jamais. Surtout pas avec ce qu'il écrit.

– Mais j'ai quatorze ans, moi, Grandma. D'ici dix ans, je pourrai être pharma-

cienne, et Grandpa prendra sa retraite.
– S'il arrive à tenir jusque-là.

L'officine de mon grand-père, je l'adore. Le problème, c'est qu'elle est loin d'ici, je ne peux pas y aller à pied ; il faut m'y conduire en voiture. C'est un magasin splendide, plein d'odeurs douces et de produits aux noms enchanteurs — lanoline, vaseline, élixir parégorique, antiphlogistique, cholagogue... Papa a beau protester, je ne suis pas sûre que ce ne soient pas tous ces noms à consonance poétique qui l'ont rendu poète — sans parler de ces dessins d'herbes, de ces couleurs pastel. Tous les noms sont doux et chantants, même les noms de marque, je trouve ; on peut se les murmurer, s'en bercer — Formocarbine, Dermophile Indien, alcoolat de mélisse, baume de Tolu, oxymel scillitique... J'adore les prononcer à mi-voix, et plus encore déboucher les flacons, flairer à travers les boîtes. C'est un plaisir de déambuler le long des rayons, et de se repaître la vue de toutes ces couleurs, de tous ces emballages prometteurs. Au rayon parfumerie, les senteurs sont plus riches encore et plus douces que chez un fleuriste — Guerlain, Givenchy, Ma Griffe... Et les noms de baptême des rouges à lèvres et vernis à ongles me mettent parfois les larmes aux yeux : Rose d'Automne, Nuit de Mai, Fleur de la Passion...

Je sais parfaitement où chaque chose a sa place, et quelquefois Grandpa me laisse mettre de l'ordre dans les étagères. C'est un grand monsieur d'allure distinguée, qui porte blouse blanche et sourire, et qui écoute toujours d'une oreille attentive ce que lui confient ses clients.

– S'il vous plaît, lui demandent-ils, que me conseilleriez-vous comme pommade sur un coup de soleil ? Que prendre contre les aigreurs d'estomac ? Contre un cor au pied ? Contre les hémorroïdes ? S'il vous plaît, j'ai une poussière dans l'œil gauche... Comment soulager mon arthrite ?

Mon grand-père dit lui-même qu'il est « le médecin du pauvre ». Il aime sincèrement son métier, et je suis sûre, quand je l'exercerai, que je m'y plairai aussi. Grandpa est très fier de moi. D'après lui, ma première vraie phrase a été « 'Co'e

si'op » (« Encore du sirop »), ce qui prouve bien que déjà j'avais un faible pour la pharmacie et les médicaments. Si nous n'habitions pas si loin, il me laisserait sûrement travailler un peu tous les soirs dans son officine. Maintenant que j'ai quatorze ans, comme je le lui ai fait remarquer l'autre jour, je pourrais très bien venir le week-end avec Papa. D'après lui, « on verra ça bientôt, à Noël par exemple. »

— Promets-moi de ne pas prendre ta retraite, Grandpa. Promets-moi d'attendre un peu, que je puisse prendre ta succession.
— Prendre ma retraite, moi ? Quelle idée ! proteste mon grand-père. Et pourquoi prendrais-je ma retraite ? J'aime mon métier, moi.
— Mais Grandma voudrait que tu la prennes, pourtant. Elle dit que si Papa avait voulu rester pharmacien à plein temps, tu aurais pu prendre ta retraite.
— Ne t'en fais pas, promet mon grand-père. Je t'attendrai. Nous serons associés, toi et moi. Cooper & Cooper. Grand-père et petite-fille.

Maman n'approuve guère mes projets d'avenir.

– Toi ? Tu pourrais écrire, dit-elle. Tu as un joli brin de plume, tu sais. Et le sens du mot juste.

Pour elle, pas de problème, rien ne vaut la littérature, les belles lettres, le métier d'écrivain. Ou alors, à la rigueur, elle me verrait artiste peintre, ou artiste je-ne-sais-quoi, mais artiste.

– Tu avais réussi de très jolis pastels, l'année où tu t'étais inscrite au cours de dessin du Museum, ne manque-t-elle pas de me rappeler pour essayer de me convaincre. Et tu faisais quelques collages tout à fait bien venus, à l'école. Souviens-toi : tu avais fait quelque chose d'adorable avec des étiquettes de médicaments et des couvercles de tubes d'aspirine...

Elle réalise sa bévue, se tait, mais trop tard. Je triomphe :

– Tu vois bien, je te le disais : moi, ce que j'aime, c'est manipuler les médicaments. Tous les médicaments. Je veux devenir pharmacienne.

– Bah, se console-t-elle. Tu as bien le temps de changer d'avis. (Air connu.)

– Non, je ne changerai pas d'avis, je ne crois pas. Et si tu veux le savoir, mon avis, c'est que deux écrivains dans une maison suffisent largement. Moi, je veux faire ma pharmacie et m'associer avec Grandpa. J'ai toujours voulu être pharmacienne, ce n'est pas maintenant que je changerai. Et en plus, je ne veux pas que mes enfants, si j'en ai, passent par là où j'ai passé...

– Mais tu pourrais écrire pour les adultes, objecte Maman. Ou écrire autre chose que des romans — des récits de voyages, par exemple, ou des livres sur les baleines, sur l'astronomie, est-ce que je sais ?

– Je pourrais, je pourrais, peu importe. Je ne le ferai pas, parce que je veux devenir pharmacienne.

Maman n'insiste pas. C'est ce qu'il y a de bien, avec elle. Avec Papa aussi, d'ailleurs. Ils ne sont pas tout le temps sur mon dos, même quand ils ne sont pas d'accord avec moi. Je dirai même que quand j'étais petite je trouvais qu'ils n'en faisaient pas assez. J'enviais celles de mes camarades que leurs parents comblaient d'attentions. La mère de Karen, par exemple, se lève toujours très tôt, la première, et mijote chaque matin un breakfast tout chaud pour Karen et ses sœurs. Un breakfast bien chaud, c'est vrai, j'y ai droit moi aussi, à nouveau, chaque matin, depuis qu'Arthur a pris la chose en main. Mais ce n'est tout de même pas la même chose. Et il ne faut pas non plus compter sur Maman pour me signaler qu'il serait grand temps de changer de pull, ou que mes chaussures ont triste mine. La plupart de mes camarades se font conduire par leur père ici ou là, mais moi Papa ne me conduit jamais nulle part, sauf à la pharmacie quelquefois. Et personne ne s'inquiète de savoir si Arthur et moi avons pris notre douche, ou s'il nous arrive de changer nos draps.

Le plus drôle, c'est que pourtant Papa et Maman sont à la maison beaucoup plus souvent que la plupart des autres parents. Ils sont presque toujours là quand nous rentrons de classe, et bien souvent — surtout quand nous étions plus petits — ils nous emmènent faire du vélo dans le parc ou chercher des coquillages sur la plage. Simplement, bien qu'ils aient plutôt plus de temps libre que la majorité des parents, ils en consacrent assez peu aux tâches domestiques.

– Moi, souligne ma grand-mère, quand j'ai du temps, je fais des gâteaux, au moins.

Et c'est vrai qu'une fois par semaine, quand elle vient nous voir, elle apporte toute une fournée de gâteaux, petits et gros, à mettre au frigo ou au congélateur. On sent qu'elle évite de regarder, dans le réfrigérateur, les petits restes qui moisissent et le désordre général.

Elle adore nous prendre chez elle tous deux, sans nos parents, rien qu'Arthur et moi. Elle habite à Daly City, dans une maison toute jolie, avec un palmier sur la pelouse. C'est dans cette maison qu'a grandi mon père, avec son frère Leonard, qui est expert-comptable à Tucson, en Arizona. Chez Grandma, tout est nickel. Dans sa salle de séjour il y a un lustre accroché au plafond, qui est fait, je n'exagère pas, de centaines de minuscules gouttelettes de cristal. Eh bien, deux fois par an au moins, ma grand-mère nettoie une à une, avec de l'eau ammoniaquée, chacune de ces petites breloques de cristal.

Quand je vais passer la nuit chez elle, je dors dans l'ancienne chambre de mon père. Les draps sont lisses, lisses, parce que Grandma les repasse au fer, et le matin elle se lève aux aurores pour préparer les gauffres chaudes, que j'arrose au sirop d'érable. Parfois aussi elle m'emmène dans des boutiques pour m'y acheter des vêtements, et souvent elle porte mes souliers au ressemelage. Moi, j'adore discuter avec elle. Je lui confie toutes sortes de choses que je ne dis jamais à personne, et surtout pas à Maman — ce qu'il y a de bien, avec ma grand-mère, c'est qu'elle n'ira pas tout répéter dans un livre. En plus, Grandma s'intéresse à tout ce que je trouve à lui dire. Elle aime bien que je lui parle de mon autre grand-mère, la mère de Maman. Grandma et Grandpa Harper habitent dans l'Iowa, à Cedar Rapids, où ils ont une maison blanche avec un jardin immense, mais pas de palmier sur la pelouse. Arthur et moi y passons le plus clair de nos vacances d'été, et

Grandma Cooper dresse l'oreille quand je lui explique comment Grandma Harper voit les choses.

– Oh ! tu sais, elle dit à peu près la même chose que toi, Grandma. Elle dit que Papa aurait beaucoup mieux fait de rester pharmacien. Elle est tout à fait d'accord avec toi, tu vois.

Ma grand-mère ne dit rien. Elle attend la suite.

– Elle dit que Maman n'aurait jamais dû le laisser renoncer à la pharmacie.

Petit reniflement discret de Grandma.

– Elle dit que ce n'est pas normal que ce soit Maman qui doive faire bouillir la marmite, alors que Papa reste à la maison, à écrire de mauvais poèmes et à se tourner les pouces...

– Elle est bien bonne ! La faute à qui ? s'emballe ma grand-mère. C'était un jeune homme travailleur et sérieux — jusqu'au jour où elle est entrée dans ce magasin. Elle avait un orgelet, ça je m'en souviens bien, et il lui a dit de baigner sa paupière dans de l'eau bouillie additionnée d'acide borique. Oh, je revois l'affaire comme si c'était hier. J'étais là quand elle est revenue le remercier, et puis elle est restée à bavarder avec lui, et pendant ce temps-là les clients attendaient...

Mais ma grand-mère Cooper a beau ne guère apprécier Maman, elle nous aime bien, Arthur et moi — et surtout moi. Mon oncle Leonard de Tucson, Arizona, n'a que des garçons, deux garçons, tous deux déjà étudiants, si bien que pour Grandma je suis petite-fille unique. Elle n'arrête pas de me tricoter des pulls, et quand je mange elle ne me quitte pas des yeux.

— Tu aurais vraiment intérêt à te remplumer, affirme-t-elle. Ta mère devrait veiller à ce que tu te nourrisses mieux. Un bon breakfast bien chaud chaque matin, voilà ce dont tu aurais besoin.

— Un bon breakfast bien chaud ? Mais tu sais, Arthur m'en sert un tous les matins, va ! Ce qu'il y a, c'est que je ne veux pas grossir, moi. J'aime beaucoup mieux rester mince.

Grandma a un sourire entendu.

— Allons bon, voilà que ça commence déjà ! Il y a un garçon là-dessous, je le devine.

— Il y a toujours un garçon, lui dis-je. Mais les garçons ne m'intéressent pas, imagine-toi.

— Ne dis donc pas de sottises. Avec le minois que tu as, ce sont eux qui vont s'intéresser à toi, et plus vite que tu ne le crois, va...

Alors, pour finir, je lui dis tout. Je lui parle de Peter Johnson et de Jonas Frampton et de tous les autres, et elle me prodigue ses excellents conseils. Comment mettre un garçon en confiance. Comment ne pas l'effaroucher. Comment ne pas lui laisser deviner à quel point on est futée. Comment rire finement à leurs bonnes grosses vannes. Comment se fagoter un peu mieux que l'as de pique. Comment... Il y a toute une liste de comment et de ne pas, et je crois bien que j'ai dû essayer de tous les mettre en pratique, avec tous les garçons possibles — une seule recette à la fois, ou une combinaison savante de deux ou trois, ou toutes d'un coup, pour y mettre la dose. Jamais, au grand jamais, rien n'a donné le moindre résultat.

# Chapitre 3

Cette lueur tragique des samedis et dimanches dans les yeux de mon père, elle apparaît aussi en une autre occasion : chaque fois que je rapporte à la maison mon bulletin de notes.

J'ai beau lui dire : « Je n'y peux rien », son regard se voile.

— Mouais, je sais bien, dit-il. C'était la même chose pour moi. J'étais toujours le premier de ma classe. De la maternelle à la terminale.

— Peut-être y mets-tu trop d'ardeur, suggère ma mère. Peut-être devrais-tu t'éparpiller un peu plus, te concentrer moins. L'héroïne de mon roman, Melanie...

– Merci, non. Moi, j'aime bien apprendre, et j'aime bien avoir les meilleures notes possibles.

– Oui, je sais, j'étais comme ça aussi, dit mon père en hochant la tête.

Mon repaire favori, pour aller bouquiner ou faire mes devoirs, c'est l'escalier de secours de l'immeuble, ou plus exactement le palier qui correspond à notre étage, cette espèce de plate-forme métallique par où se ferait l'évacuation, en cas d'incendie. C'est une sorte de long balcon de fer qui ceinture une partie de l'immeuble, deux étages au-dessus du sol, avec une assez jolie vue côté mer — du côté qui ne nous appartient pas. Il faut dire que depuis notre appartement, comme nous sommes situés en façade, nous n'avons vue que sur la rue et sur la ruelle latérale. Alors que l'appartement de derrière (dont le loyer est vingt fois plus cher) s'ouvre sur une vue magnifique : d'abord un océan de toits, puis, tout au fond, l'océan, le vrai. La plate-forme de secours est prévue pour les deux appartements. Du plus loin que je me souvienne (et jusqu'en septembre

dernier), l'appartement de derrière —
celui qui a la jolie vue — avait été occupé
par M. et Mme Henderson et leurs deux
garçons. Les Henderson travaillaient à
l'extérieur tous les deux, et leurs fils
terminaient déjà leurs études secon-
daires quand nous sommes venus habiter
ici. Au bout d'un an ou deux, les garçons
sont partis à l'université, si bien qu'ils
n'étaient ici qu'aux vacances. Résultat :
j'ai toujours eu cette plate-forme de
secours plus ou moins pour moi toute
seule. Non seulement pour la partie qui
nous revient, bien sûr, mais encore d'un
bout à l'autre, chaque fois que les Henderson n'étaient pas chez eux. Je pouvais
tout à loisir aller m'installer là-bas au
bout, de leur côté à eux, là où j'avais la
ville à mes pieds. Les Henderson gar-
daient toujours leurs rideaux tirés lorsqu'ils n'étaient pas chez eux, de sorte que
je ne pouvais rien voir de l'intérieur de
leur appartement. Ce qui m'était bien
égal, d'ailleurs ; ils étaient tellement
gentils l'un et l'autre que nous étions en
permanence invités chez eux.

Quant à Arthur, il ne m'a jamais
disputé mon repaire. Lui, ça ne lui dit

rien du tout de faire ses devoirs sur la plate-forme de secours — ça ne lui dit rien du tout de faire ses devoirs, point final. Si bien que j'ai toujours eu l'endroit pour moi toute seule. Enfin, plus exactement, pour moi toute seule ET les plantes agonisantes.

Nous aimons tous les plantes, à la maison. Maman, en particulier, a un faible pour les fougères de Boston — les *nephrolepis*, comme elle dit. Tous les mois ou presque, elle s'en achète une. Sitôt à la maison, elle va installer sa fougère dans sa chambre, sur son bureau, et chaque matin, quand elle écrit, elle aime plonger le regard dans ses frondes vertes. L'ennui, c'est que tôt ou tard — et plus souvent tôt que tard — les frondes vertes font grise mine et se mettent à pendre lamentablement. La raison, c'est que parfois Maman oublie d'arroser sa plante, ou qu'au contraire elle y pense trop. Elle fait de son mieux, pourtant, mais à mesure que les jours passent la fougère se déplume et se ratatine. Maman entame alors un combat contre la mort. Mais elle ne gagne jamais.

Seulement, elle a bien trop bon cœur pour achever une malheureuse plante en la jetant bêtement avant son tout dernier soupir. Et c'est là qu'intervient la plate-forme de secours.

— Peut-être a-t-elle besoin d'un peu d'air frais, déclare Maman en contemplant piteusement sa fougère. Peut-être va-t-elle revivre, dehors.

Nous savons tous qu'il n'en sera rien, mais la plante est mise au grand air, en compagnie de quatre ou cinq autres cas désespérés, et ma mère se sent libre alors de s'offrir de nouveau une jolie plante en belle santé.

De temps à autre, pour changer, elle s'achète un saintpaulia, ou un bégonia rex. Peu importe, d'ailleurs : tout finira sur la plate-forme de secours, jusqu'à l'expiration complète et l'évacuation par la poubelle.

Moi, toutes ces plantes, j'y suis habituée. Il m'arrive même de songer à les arroser. Mais la plate-forme de secours est ma chasse réservée. C'est le seul endroit où je sois certaine de pouvoir être seule. La maison voisine n'a qu'un seul étage, tout juste si son toit arrive à hauteur de mon repaire privé : c'est dire si j'ai toute mon intimité. Il me suffit d'ouvrir la fenêtre de ma chambre, d'enjamber le rebord, et voilà, j'y suis. En général j'y passe le plus clair de mon temps après la classe, sauf s'il pleut ou s'il fait vraiment froid. Quelquefois, la nuit, j'y vais un moment regarder les étoiles. Une nuit j'ai dû m'endormir là et je me suis réveillée au matin, le bras passé autour d'une fougère mourante.

Les Henderson ont déménagé en septembre dernier, par une journée douce à la lumière dorée. J'avais emporté mon livre d'histoire sur ma plate-forme pour y lire la page sur la bataille de Gettysburg — je m'en souviens encore. Tout était bizarre, ce jour-là. Tout avait l'air changé. J'avais beau savoir que les Henderson étaient partis, ça faisait une drôle d'impression de voir ces fenêtres sans rideaux, sans rien. C'était presque inquiétant. A travers les fenêtres on voyait les pièces comme si on y était, et j'étais toute gênée de voir ces murs et ces sols nus, sans rien pour les habiller un peu. Et je me tracassais vaguement, aussi. Qui allait venir s'installer là ? Et si c'était quelqu'un qui ne tirerait jamais ses rideaux, quelqu'un qui exigerait de garder pour lui sa portion de plate-forme ?

Maintenant, bien sûr, j'en ai le sourire rien que d'y penser, mais en ce temps-là, franchement, je me faisais du mauvais sang. J'espérais bien que les nouveaux occupants seraient un couple d'un certain âge, sans enfants à la maison, des gens aussi gentils que les Henderson. L'idée de devoir partager ma plate-forme avec un ou une inconnu(e) me donnait le frisson.

— Oh, tu ne sais pas ? m'a dit Maman un jour, à mon retour de classe. Les nouveaux voisins sont arrivés.

J'ai senti mon cœur battre à tout rompre.

— Ah bon ? Et ils ressemblent à quoi, ces gens ? Combien sont-ils ? Quel âge ont-ils, à ton avis ?

— Combien ils sont, je n'en sais trop rien. Je n'en ai vu que deux. J'étais en train de sortir la poubelle, et les déménageurs montaient un piano.

— Un piano ? a répété mon père, la puce à l'oreille.

— Oui, a dit Maman. Et moi, c'est peut-être idiot, mais je trouve ça rassurant : ça veut dire qu'apparemment il y a là quelqu'un qui fait de la musique. Peut-être une fille. Peut-être de l'âge de Rebecca. Ce serait merveilleux, tu ne trouves pas, chérie, s'il y avait une fille de ton âge ?

Maman avait son sourire de loup. Ce qu'elle se disait, en réalité, je le devinais : « N'est-ce pas que ce serait merveilleux si cette petite voisine d'en face pouvait me fournir la matière de mon prochain roman ? » Ce n'était pas à moi qu'elle pensait, pas du tout. Moi je songeais à ces fenêtres et à ma plate-forme de secours. Non, ce ne serait pas merveilleux du tout si une fille de mon âge venait emménager dans l'appartement de l'autre côté du couloir.

— Et tu dis que tu as vu quelqu'un ? me suis-je informée, l'air de rien.

— Oh, très vite, comme ça, au passage —

une femme qui doit avoir à peu près mon âge. Elle montait l'escalier, les bras chargés de pots de fleurs — pas des fougères de Boston, je ne crois pas. J'allais lui dire un mot quand les déménageurs ont déposé le piano, et alors elle a dit... Je ne sais plus ce qu'elle a dit, mais j'en ai conclu que ce n'était pas trop le moment de se lancer dans les grandes présentations.

— Tu n'as vu personne d'autre ?

— Un garçon, c'est tout. Arthur va être content. Je serais bien en peine de dire quel âge il a au juste. Lui aussi transportait des pots de fleurs. Il n'avait pas l'air très grand. Mais avec les garçons, c'est difficile à dire.

— J'espère qu'ils ne joueront pas du piano dans la journée, a laissé tomber Papa.

— Oh, je serais bien étonnée s'ils en jouaient avant la fin de l'après-midi. Et tu sais bien que tu n'écris plus, à ces heures-là. J'imagine que les parents iront à leur travail, comme tout le monde, a décidé Maman, optimiste, et les enfants en classe.

— Pourquoi dis-tu *les* enfants ? ai-je demandé.

— Parce qu'ils ont comme nous un appartement à trois chambres, tout simplement. Une chambre pour les parents, une pour le garçon, l'autre pour la fille qui joue du piano.

Elle ne pensait plus du tout à moi. J'en aurais pleuré de rage.

— Et comment sais-tu d'avance que les parents iront travailler à l'extérieur ? Et si c'étaient des gens qui écrivent, comme vous, ou peut-être des musiciens ? Hein ? Qu'est-ce qui te prouve que ces gens ne vont pas rester à la maison et faire de la musique toute la journée ?

Mes parents ont paru ébranlés. Et c'était justice, après tout. Pourquoi aurais-je été la seule à me faire du souci au sujet de ces nouveaux voisins ? Peut-être avaient-ils, eux aussi, des raisons de s'inquiéter ?

Maman a posé une main décidée sur la poignée du congélateur, au-dessus du réfrigérateur, et l'a ouvert tout grand.

— Pour le savoir, il n'y a qu'un moyen,

a-t-elle dit en se plongeant dans l'inspection de son contenu.

– Et alors, hein, s'ils sont musiciens ? ai-je insisté. Qu'allez-vous faire s'il y en a un qui joue du violon pendant que l'autre joue du piano ?

– J'avoue que je n'y avais pas pensé, a dit mon père.

– Et si ça se trouve, les enfants aussi jouent d'un instrument, ai-je poursuivi, imperturbable. Peut-être qu'il y en a un qui joue de la trompette, et l'autre du tambour.

Papa a laissé échapper un gémissement, et Maman m'a lancé par-dessus son épaule, sans détacher les yeux des entrailles du congélateur :

– Enfin, Rebecca ! Sais-tu que tu es sadique quelquefois ? Viens plutôt par ici, pour m'aider à choisir.

– T'aider à choisir quoi ?

– Quel genre de gâteau apporter aux nouveaux arrivants, en signe de bienvenue. C'est toujours agréable, quand on emménage, un petit geste gentil de la part des voisins — et nous pourrons en profiter, en plus, pour tâcher de nous faire une petite idée d'eux.

— Ne va pas leur donner un gâteau au chocolat, en tout cas.

— Rien à craindre ; je ne pense pas qu'il en reste.

— Et aux pruneaux, tu n'en as pas ? Porte-leur donc un cake aux pruneaux. Je n'en raffole pas, moi, de ces cakes aux pruneaux.

— Ou des petits pains à la banane ? Ta grand-mère nous en a préparé trois douzaines, j'imagine qu'on peut leur en apporter quelques-uns, une douzaine par exemple.

— Ah non, pas de mes petits pains à la banane ! a protesté Papa. Tu sais bien que j'adore en prendre un, le soir, juste avant d'aller au lit ; ça me réconforte, surtout en week-end. Ce serait trop bête d'en manquer.

— Mais puisque nous en avons trois douzaines !

— Pourquoi ne leur apportes-tu pas un cake aux pruneaux ? a proposé Papa.

Maman a donc sorti du congélateur un cake aux pruneaux, elle s'est donné un petit coup de peigne et toutes deux, arborant un sourire de circonstance, sommes allées frapper à la porte de l'appartement de nos nouveaux voisins.

De l'intérieur nous parvenaient des bruits, comme des glissements, des chaises qu'on déplace, mais la porte est restée close.

— Sonne, ai-je dit à Maman. Ils n'ont pas dû nous entendre.

Maman a sonné. Immédiatement, le silence s'est fait à l'intérieur. Mais nul n'est venu ouvrir.

— Je suis pourtant certaine qu'ils ont entendu, a chuchoté Maman, sans se départir de son sourire dents blanches.

— Essaie encore un coup. Peut-être qu'ils sont durs d'oreille.

— Durs d'oreille ? Des gens qui jouent du piano ?

— Et alors ? Et Beethoven ? Il jouait du piano et pourtant il était sourd.

Maman a sonné une seconde fois. Nous avons entendu un bruit de chute d'objet, puis des pas. La porte s'est entrouverte et nous nous sommes retrouvées nez à nez avec une dame qui fronçait le sourcil et nous dévisageait sans douceur. Elle a demandé sèchement :

— Oui ?

– Euh,... bonsoir madame... madame Eueuh... ?

La dame a légèrement incliné la tête de côté, mais ne nous a pas soufflé son nom.

– Euh, a repris Maman, dont le sourire commençait à retomber un peu sur les bords. Nous sommes vos voisins de palier — Catherine Cooper, et voici ma fille, Rebecca. Nous voulions simplement vous dire un bonjour rapide, en voisines, et vous apporter un petit quelque chose...

Maman tendait bravement le cake aux pruneaux (fabrication Grandma), enveloppé dans du papier d'alu.

La dame a eu un léger recul ; elle contemplait le petit paquet d'un œil soupçonneux.

– Qu'est-ce que c'est ?

– Oh, rien, a dit Maman, le bras toujours tendu. Vraiment rien. Un gâteau tout simple.

J'ai expliqué :

– Un cake aux pruneaux. C'est ma grand-mère qui l'a fait. Pour la pâtisserie, elle est championne — surtout pour le cake aux pruneaux.

— Je ne mange jamais de gâteaux, a coupé la dame.

— Pour votre famille, alors, a insisté Maman. Peut-être les vôtres apprécieront-ils un peu de gâteau, ce soir...

— Oh non, a dit la dame. Il ne mange pas de gâteau lui non plus.

Là-dessus elle a refermé la porte, laissant Maman un peu éberluée, son offrande toujours à bout de bras et son sourire à fleur de lèvres — en voie d'effacement rapide.

— Alors ? s'est informé Papa, nous voyant revenir déjà.

— Ils n'aiment pas les gâteaux, ai-je annoncé.

Maman a refermé la porte avec un soupir.

— Une chose est sûre, a-t-elle dit, je ne pense pas qu'il faille craindre de les voir devenir envahissants. Tu te souviens, Michael, combien les Henderson étaient aimables, toujours à nous inviter à venir prendre un apéritif ou un café, au point que tu trouvais que trop c'était trop ? Eh bien, je ne pense pas que ce soit le cas.

— Parfait, a dit mon père. Mais as-tu

découvert au moins s'ils étaient musiciens ?

— Découvert ? ai-je ricané. Tu parles ! Nous n'avons rien découvert du tout, en dehors du fait qu'ils n'aiment pas les gâteaux. Cette bonne femme nous a positivement claqué la porte au nez.

— Mais si, nous avons découvert autre chose, a déclaré Maman.

Elle a remis au congélateur le cake aux pruneaux et s'est tournée vers nous avec un grand sourire.

— Ah bon ? Et qu'as-tu donc découvert, toi ? ai-je demandé. Elle a claqué cette porte si vite que c'est à peine si j'ai eu le temps de voir à quoi elle ressemblait. Tout ce que je peux dire, c'est qu'elle est plutôt maigre et qu'elle n'a pas l'air commode.

— Moi, je sais autre chose. Ils ne sont que deux ! Quand elle m'a dit qu'elle ne mangeait pas de gâteaux, je lui ai répondu : « Mais peut-être que votre famille en prendrait. » Et elle a dit : « Non, il ne mange pas de gâteau *lui* non plus. » Autrement dit, ils ne sont que deux. Ce doit être une femme seule, veuve ou divorcée j'imagine, et qui élève son fils. Ou quelque chose comme ça. En tout cas, elle ne m'a pas fait l'effet d'être quelqu'un qui joue du piano. Il y a toutes les chances pour qu'elle travaille à l'extérieur, et le gamin va en classe, à coup sûr. Par conséquent...

– Par conséquent, pas de sérénade diurne, le ciel en soit loué, a conclu Papa. Tiens, je me demande si je ne vais pas prendre un petit pain à la banane tout de suite, histoire de fêter ça.

J'ai laissé les parents dans la cuisine, à leurs réjouissances. De mon côté, il était bien trop tôt pour me réjouir. Il suffisait d'un seul enfant, même s'il ne s'agissait que d'un petit gamin comme Arthur, pour menacer mon royaume. Je suis allée tout droit à ma chambre, j'ai ouvert ma fenêtre et — j'ai eu un choc.

Là, sur la plate-forme de secours, il y avait un garçon. Qui pleurait. Et il n'était même pas sur son bout de plate-forme, là-bas, à l'endroit qui lui revenait. Il était accroupi, penché au-dessus de quelque chose, juste à côté de ma fenêtre. Il pleurait sans retenue, et quand il a levé les yeux vers moi, la première chose que j'ai vue, c'est un visage poisseux de larmes. Presque en même temps j'ai noté qu'il avait les cheveux d'un blond très clair, qui tiraient presque sur le blanc, et qui bouclaient comme la laine d'un agneau tout autour de sa tête.

— Mauvaise ! m'a-t-il jeté tout à trac. Tu n'as pas honte, espèce de sans cœur ?

Il y avait de la véhémence dans sa voix, une espèce de rage sourde. Il en postillonnait en m'injuriant.

J'ai commencé par faire retraite, prise de court devant cette graine de forcené qui me crachait sa hargne au visage. Il tenait quelque chose contre lui — était-ce une bombe ? Une arme quelconque ?

Et puis, la colère m'est venue. Une rage aveugle à l'idée d'être en train de perdre ma chère plate-forme à moi, rien qu'à moi. Je n'ai fait ni une ni deux. Déjà je repartais en avant, prête à mordre.

— Dis donc, toi, pour qui tu te prends, pour me parler comme ça ? Et puis d'abord, qu'est-ce que tu fais là, sous ma fenêtre ? Tu n'as rien à faire ici. Ce côté de la plate-forme, il est à moi.

– Ouais, eh ben je la déteste, ta plate-forme. Et ton immeuble aussi, et même toi ! Je déteste ce que tu fais, espèce de tueuse !

J'aurais dû refermer la fenêtre et appeler à l'aide. C'était de la folie, de la folie furieuse que de chercher à discuter sur une plate-forme de secours avec un gamin pris de démence qui vous traite d'assassin.

– Oh alors là ! (Je m'en étranglais presque.) J'aimerais bien savoir de quoi tu parles ! Je n'ai jamais tué personne, dis donc !

– Ah ouais, jamais tué, hein ? a-t-il sifflé, hors de lui.

Tout en parlant, il a ouvert les bras. Ce qu'il serrait ainsi contre lui, c'était un des pots de fleurs de Maman. Un bégonia rex à l'agonie.

– Ça ? Eh dis, ce n'est qu'une plante ! Ce n'est jamais qu'un bégonia.

– Qu'un bégonia ! (Il en tremblait.) Rien qu'un bégonia, hein ? ! Et c'est pour ça que tu l'as laissé à mourir ici, ici où il ne fait même pas plus de neuf ou dix degrés la nuit. Tu l'as laissé mourir de faim et de froid, tu l'as complètement oublié, et maintenant il est fichu, le malheureux ! Et c'est de ta faute !

— Donne-moi cette plante ! (Je la lui ai arrachée des mains.) Et ouste, file chez toi, sur ton côté de plate-forme. Je te garantis que si je te retrouve encore ici, je te...

Il s'est arrêté de pleurer. Il m'a regardée droit dans les yeux et il m'a dit d'une voix qui tremblait :

— Oh, je ne reviendrai pas de ce côté-ci, va. Pas pour tout l'or du monde. C'est pire que la morgue, ici.

Là-dessus, il s'est redressé, tout digne, il a regagné son territoire attitré et il a enjambé le rebord de sa fenêtre. J'ai remis le bégonia avec ses frères de misère, je suis rentrée, j'ai fermé ma fenêtre — fermé-verrouillé, pour la première fois. Puis j'ai regagné la cuisine pour manger un petit pain à la banane avec Papa. Un petit pain de compensation. La vie ne serait plus jamais comme avant.

# Chapitre 4

La seconde fois que je l'ai rencontré, c'était au sous-sol, dans la laverie commune. Il y a là deux machines à laver et un séchoir électrique, à la disposition de tous les habitants de l'immeuble. Mais bon nombre d'entre eux sont équipés chez eux, et les autres, en général, font plutôt leur lessive en week-end, ou alors dans la soirée.

Arthur et moi sommes supposés nous partager la corvée du linge, mais depuis des mois et des mois, en fait, c'est moi qui fait tout. Ce n'est pas qu'Arthur manque de bonne volonté, c'est plutôt que ses talents ne s'étendent pas jusqu'à ce domaine. Peut-être est-ce dû à son sens aigu de l'égalité et de la démocratie, mais toujours est-il qu'il a horreur de faire une sélection et de séparer les torchons des serviettes, si bien que pendant un temps nous avons tous eu droit à des vêtements diversement colorés, avec des dominantes très nettes, tantôt gris rosé, tantôt lavande, sans parler de ces petites peluches blanches accrochées un peu partout à nos lainages.

Une autre spécialité d'Arthur, c'était d'oublier le linge dans le séchoir longtemps après qu'il soit sec, et de le plier avec tant de dextérité, ensuite, que tous les textiles prenaient des airs frippés de manuscrit de la mer Morte. Bien sûr, il fut un temps où ce genre de détail m'indifférait superbement, mais je me souviendrai toute ma vie de ce jour (ce devait être juste après mes treize ans) où je me suis aperçue de l'horreur de la chose. Nous nous promenions dans Clement Street, mes amies Karen et Jessica et moi, lorsqu'en passant devant le miroir d'une vitrine je nous ai aperçues toutes trois. Deux d'entre nous étaient impeccables. La troisième, c'était moi.

Voilà pourquoi, désormais, tous les lundis après-midi, c'est moi qui m'occupe de la lessive. Comme nul autre que moi, dans l'immeuble, ne semble avoir besoin des machines à laver le lundi après-midi, j'ai mis au point mon petit système. En général, il y a de quoi faire quatre pleins chargements de machine, et je suis très tatillonne sur leur répartition : une pleine machine de draps, une autre de linge blanc, une troisième pour la couleur et les textiles synthétiques, et la dernière pour les serviettes. Assez souvent Maman descend en catastrophe pour me demander d'inclure à la dernière minute un de ses éternels sous-pulls, par exemple ; mais si la lessive du linge de couleur et des synthétiques est déjà lancée, trop tard, je reste inflexible. Pas question de prendre le risque de laver cette pièce de couleur autrement qu'avec ses consœurs. Maman n'a qu'a attendre le lundi suivant ou laver son sous-pull à la main. En général, elle attend le lundi suivant.

J'ai aussi appris à plier le linge sans

l'affliger d'un réseau de plis du plus pur style réseau-du-métro. J'ai emprunté sa méthode à Grandma Cooper. Pour commencer, il faut sortir le linge du séchoir, sans perdre une seconde, dès que la soufflerie s'est arrêtée. Ensuite, on prend chaque pièce de linge tour à tour et on la secoue un bon coup dans les airs pour lui ôter sa raideur, avant de l'étaler soigneusement sur la grande table installée à cette fin juste à côté des machines. Après quoi on se penche sur ce linge comme le ferait un sergent sur des recrues à l'entraînement — c'est presque la même griserie de puissance et de commandement. Je n'aime rien tant que les chemises. J'adore les prendre l'une après l'autre, leur replier les bras dans le dos, redresser le col d'un coup sec, et réduire la chose à l'obéissance, en un carré tout plat, sans un faux pli.

Maman trouve que je prends trop au sérieux cette question de linge.
— Tu n'es tout de même pas obligée de faire ça le lundi à heure fixe. Le mardi conviendrait tout pareil.
— Non, parce que le mardi c'est Mme

Pincus qui fait sa lessive. Et puis il y a M. Rogers, et lui — tu n'as pas idée, il n'a ni jour ni heure. En principe, il fait ça le jeudi, mais je l'ai déjà vu plusieurs fois descendre à la buanderie le mardi. Qu'il essaye de se pointer un lundi après-midi, tiens ! Il trouvera à qui parler.

– Je t'assure, Rebecca, tu prends ça beaucoup trop à cœur. Je t'ai entendu dire à Karen que tu ne pouvais pas aller faire de vélo avec elle parce que tu avais ta lessive à faire. Je ne crois pas qu'une fille de ton âge devrait se faire tant de souci pour du linge à laver.

– Dis donc, comment se fait-il que tu aies entendu ça ? Tu écoutes mes conversations téléphoniques, maintenant ?

– Non, chérie, je n'écoutais pas. Tu sais très bien que je n'écoute jamais vraiment. Simplement, je prenais une tasse de café, et je t'ai entendue par hasard.

– En tout cas, j'espère que tu ne vas pas mettre ça dans ton livre — l'histoire de faire la lessive et tout ça. Tu me l'as promis, Maman, n'oublie pas.

– Bien sûr que non, va, je ne mettrai pas ça dans mon livre. Je me vois mal écrire un roman d'amour et préciser que la jeune fille en question passe tous ses lundis après-midi à faire la lessive. Ce serait déplacé. Mon directeur de collection me sucrerait le passage, sans hésiter.

Enfin bref, ce lundi-là, j'en étais au séchage du tout dernier chargement de machine. Les chargements numéros un et deux étaient déjà secs et pliés, le chargement numéro quatre étuvait dans le séchoir et je venais de m'atteler au pliage du chargement numéro trois — un pantalon étendu de tout son long attendait la torture — lorsque j'ai entendu des pas. La buanderie du sous-sol, il faut le préciser, n'est pas un endroit tellement bien éclairé, et d'aucuns s'y sentiraient mal à l'aise. Personnellement, jusqu'ici, je n'avais jamais songé à avoir peur, mais quand ce garçon blond est venu s'encadrer dans la porte, j'ai réalisé tout d'un coup que l'unique issue de l'endroit était justement cette porte dont il me barrait l'accès.

A peine m'a-t-il aperçue qu'il a fait une moue de dégoût. Il avait à l'épaule un grand sac à linge bleu, et tenait à la main un paquet de lessive en poudre — d'une marque très bon marché. Maman a longtemps acheté cette marque en priorité, jusqu'au jour où je lui ai fait remarquer que pour quelques *cents* de différence cela vaut peut-être la peine d'avoir du linge bien propre et bien net, plutôt que du linge à faire pitié.

Mais je dois dire qu'à ce moment-là j'avais la tête à autre chose qu'à des tests comparatifs entre marques de lessive. Je regardais plutôt la bobine de l'intrus, et je l'ai vu devenir tout rouge — et s'élancer en avant. J'ai saisi un blouson de mon père pour m'en faire un bouclier, et j'ai attendu le choc. Mais finalement, non, le malheureux n'attaquait pas : il avait dû manquer la marche, et à présent il se tortillait par terre, empêtré dans son sac à linge qui s'était ouvert. (Et j'ai pu constater que tout y était mélangé, jeans et serviettes de table, sous-vêtements et draps.) Presque toute la poudre à laver, dans le choc, avait été éjectée du paquet — j'en avais jusque sur mes tennis.
– Hé, attention, quoi !

Il n'a pas répondu. Ma parole, il allait pleurer. Oui, il pleurait — une fois de

plus. Ses épaules se soulevaient et s'a-
baissaient en silence, ses boucles pâles
tremblaient sur sa nuque.

– B'alors ? Tu es tout le temps en train
de pleurer, ou quoi ? ai-je raillé, tout en
débarrassant mes chaussures de cette
poudre à laver de pacotille.

Il s'était enfoui le visage dans les
mains, mais je voyais les larmes luire à
travers ses doigts. Un slip de dame et un
tapis de bain vert s'étaient entortillés à
ses pieds.

– Tu sais, ce n'est plus de ton âge de
pleurer comme ça tout le temps. Tu as au
moins douze ans, je parie. Mon frère qui
n'en a que onze ne pleure pratiquement
plus jamais.

L'effet a été radical. Il s'est arrêté de
pleurer — net — il a levé sur moi un
regard plein de haine.

– J'ai eu quatorze ans le deux mai,
m'a-t-il lancé d'un trait. Et je ne pleure
pas tout le temps, si tu veux savoir.

Pour un peu, je me serais laissé atten-
drir.

– Bon, bon, ça va, désolée de ne t'avoir

donné que douze ans. Je t'avais mal regardé, c'est tout.

Il s'est remis à pleurer.

– Oh, que j'en ai marre, d'ici ! Je fais tout de travers. Oh, je voudrais mourir !

D'un geste vague il désignait la buanderie (ou peut-être l'immeuble ?), la jonchée de linge sale, la poudre à laver répandue. Il commençait à me faire de la peine pour de bon.

– Écoute, attends, je vais t'aider. Les machines à laver sont libres toutes les deux, on peut donc faire deux chargements distincts. C'est bien ce que tu comptais faire, n'est-ce pas ?

– Non, pourquoi ? a-t-il hoqueté. Je pensais tout mettre dans la même machine.

– Tu veux dire... Les serviettes et les sous-vêtements et le linge de couleur et le blanc — tout ? Tu comptes vraiment tout mettre ensemble ?

Il ne pleurait plus et me regardait avec des yeux ronds, l'air de n'y rien comprendre. Je n'ai pas insisté.

– Bon, non rien, laisse tomber. Mettons tout dans la même machine si c'est ce que tu fais d'habitude.

J'ai commencé à ramasser son linge éparpillé sur le carrelage.

— Non mais, regarde ce chantier, a-t-il coassé de détresse. Et toute la lessive est par terre. Ooooh, c'est pas vrai ! Le bazar, un peu !

— Boh, ne t'en fais donc pas pour ça ! Tu n'as qu'à prendre de la mienne. Elle est bien meilleure. Tu verras la différence. Elle coûte peut-être quelques cents de plus, mais pour ce qui est de l'efficacité, attends de voir. Ton linge sera vingt fois plus propre.

— Oh. Tu plaisantes ou quoi ?

— Moi ? Plaisanter ? Pourquoi ça ?

— Ecoute, on se croirait dans une pub à la télé.

Et sans prévenir, il s'est mis à rire.

— Je ne comprends pas ce que tu veux dire, ai-je laissé tomber froidement.

— Tu ne t'es pas entendue, en train de vanter ta lessive ! (Il s'en étranglait presque.) Je t'assure : on aurait juré une pub. Ils t'engageraient, tu sais. Pas de problème.

— N'empêche que c'est vrai : c'est la meilleure lessive du marché. (Je brandis-

sais sous son nez une serviette de table, grisâtre, cueillie sur le carrelage.) Tu vois cette serviette ? Elle est grise, hein ? Attends un peu. Tu la retrouveras blanche comme neige.

Du coup, il a éclaté de rire.

— Tais-toi, arrête ! suppliait-il.

— Arrêter quoi ?

— Tu vas me faire mourir de rire. Tu parles d'une comédienne ! Et tu gardes ton sérieux, en plus. Moi, je n'y arrive jamais, quand j'essaye de les imiter.

J'ai attendu un instant, le temps de le voir se calmer. Je m'apprêtais à lui expliquer froidement, en termes techniques, les secrets d'une lessive dans les règles de l'art, quand tout à coup il a piqué du nez et déclaré sur un ton détaché :

— Je suis désolé.

— Il y a de quoi, lui ai-je accordé.

— Non, pas parce que je t'ai renversé de la lessive sur les pieds et tout ça. Pour l'autre jour, je veux dire. Pour ce que je t'ai dit, l'autre jour.

J'ai fait celle qui a déjà tout oublié.

— Oh, pour ça ?

— Oui, je sais bien qu'en réalité tu n'as jamais eu vraiment l'intention de le tuer, va, ce pauvre bégonia. Et moi je n'avais pas à aboyer comme ça. Je te demande pardon, faut pas m'en vouloir. Franchement, c'était moche. Mais tu comprends, c'était la petite goutte, la petite goutte qui fait déborder le vase. Tout va de travers pour moi en ce moment, alors, de voir cette pauvre plante...

Je me suis bien gardée de lui dire combien de plantes, avant celle-ci, ont déjà trouvé une triste fin sur notre plate-forme de secours. Mieux valait ne pas évoquer le jardinage et les plantes en pot. Nous avons fini de ramasser le linge épars et de le fourrer dans la machine.

Il s'était remis sur pied, et je pouvais constater qu'il était très fluet et plutôt petit, décidément — j'avais bien une demi-tête de plus que lui. Quant à son linge à laver, il en avait vingt fois trop pour en faire un honnête chargement de machine, mais il a tenu à tout faire loger, et je l'ai vu avec horreur enfourner de force avec le reste un petit tablier de coton à carreaux qui n'était visiblement pas grand teint. Comment allaient ressortir ses taies d'oreiller blanches ? Mais ce n'étaient pas mes oignons, et j'avais déjà bien assez discuté sur l'art et la manière de laver le linge. Il a versé dans la boîte à lessive un peu de ma poudre à laver, et appuyé sur le bouton de mise en route. Je l'ai aidé à balayer la poudre grisâtre qui enfarinait le sol.

— Eh bien, merci, a-t-il dit en se redressant, le travail terminé. Euh...

— Voilà... ai-je vaguement bredouillé.

Nous étions soudain aussi embarrassés l'un que l'autre. Je ne savais vraiment plus que dire, et visiblement il était dans le même cas. Mon linge à plier attendait, tout raide, sur la table et j'ai fait quelques pas dans sa direction.


— Euh... Je... m'appelle Jean..., ai-je cru entendre dans mon dos.

— Jean *Comment* ?

— Ja-son. Jason Furst.

— Ah, pardon. Moi, c'est Rebecca. Rebecca Cooper.

Je me suis saisie d'un sous-pull maternel et je l'ai fait claquer comme une voile au vent.

– Attends, je vais t'aider, s'est proposé Jason.

Déjà il empoignait une chemise de mon père et entreprenait de la plier, sans se préoccuper du col, froissé comme un mouchoir de papier, et en lui repliant les manches à l'envers. Il fallait absolument l'arrêter. Désespérée, j'ai repris la parole. Tenir conversation, c'était la seule solution.

– C'est toujours moi qui m'occupe du linge et de la lessive, à la maison. Et toi ? C'est toi qui t'en charges aussi, d'habitude ?

Une fraction de seconde, j'ai cru qu'il allait se remettre à pleurer.

– Tu sais, je te demande ça comme ça, me suis-je empressée de dire. Si on s'asseyait une petite minute, tiens, le temps de discuter ? (Tout en parlant, je lui retirais d'une main ferme la paire de jeans — à moi — qu'il avait entrepris de plier en articulant les genoux vers l'avant.)

– La lessive ? Beurk, je déteste ça, a-t-il dit soudain avec force. Ce n'était jamais moi qui la faisais, d'ailleurs, à Santa Monica.

– Ah, parce que c'est de là-bas que tu viens ?

Je l'ai écarté doucement de mon précieux linge pour l'entraîner vers la banquette, de l'autre côté du séchoir.

– Oh, a-t-il murmuré en s'asseyant comme un automate, les yeux hagards. Oh, c'est comme un cauchemar. Je ne peux pas m'empêcher de croire que je vais me réveiller et me retrouver chez moi.

– Comment ça ?

A nouveau, cette mimique d'enfant qui a toutes les peines du monde à ravaler ses larmes.

– Non, ne pleure pas, je t'assure. C'est trop bête. Parlons plutôt d'autre chose.

– Oh, non, a-t-il insisté, en avalant sa salive. Je préfère en parler, au contraire. Il faut que j'en parle. Elle ne veut pas me dire la vérité. Je le sais. Elle ment. Je suis sûr qu'elle ment.

– Ta mère, tu veux dire ?

– Elle ne veut pas que je parle, elle m'oblige à me taire. Je lui dis tout le temps qu'elle ne me dit pas la vérité, mais ça la met en colère. Elle ne veut pas que je parle avec les autres, avec personne. Elle a changé d'un seul coup. Elle n'était pas comme ça, *avant*.

La porte de l'ascenseur a soudain claqué, et des bruits de pas rapides se sont rapprochés de nous.

— Ma mère ! a soufflé Jason, pris de panique. Et elle qui m'a défendu de bavarder avec qui que ce soit dans l'immeuble ! Surtout avec toi ou les gens de ta famille. Elle dit que vous fourrez votre nez partout, ici.

— Mais... Mais enfin... Pourquoi ? (J'en bégayais.)

— Tu regarderas dans le bégonia, a-t-il conclu, très vite — juste comme sa mère faisait irruption dans la pièce.

Elle s'est empourprée en me voyant et a jeté à son fils :

— Ben alors ? Qu'est-ce que tu fabriques ?

— Je... J'ai pris une bûche. Pas vu la marche..., a-t-il expliqué dans sa barbe. Et elle... elle m'a aidé à tout ramasser.

— Bon, mais maintenant, hein ? pourquoi traînasses-tu, au lieu de remonter ? Je te l'avais dit, pourtant, de remonter tout de suite !

Il s'est levé, tête basse, et s'est dirigé vers la porte. Les lèvres pincées, sa mère m'observait sous ses paupières mi-closes. A peine s'est-il trouvé à sa portée, elle a posé sur son épaule une main maigre aux ongles longs et sombres, et l'a entraîné sans douceur hors de la pièce.

# Chapitre 5

Maman peinait sur son *Premier Amour*.
— Le problème, tu vois, c'est que je ne sais pas très bien comment un garçon s'y prend, de nos jours, pour inviter une fille à sortir avec lui.
— Ceux que je connais ne se donnent pas la peine d'inviter d'avance, de toute manière, lui ai-je fait remarquer.
— Justement, c'est bien ce qui m'arrête. De mon temps, quand un garçon voulait inviter une fille à une quelconque sortie, il appelait chez elle à l'avance. Pour l'emmener au cinéma, par exemple, ou jouer au bowling, ou pour lui offrir une glace. S'il n'avait pas assez d'argent...

– Attends, qu'est-ce que tu veux dire, pas assez d'argent ? Parce que tu crois que ce sont les garçons qui payent ? C'est chacun pour soi, maintenant, tu sais. En tout cas, moi je paierais ma part, si on m'invitait.

– Oui, je sais, a soupiré Maman. Pourtant il faudrait vraiment que je sache comment les filles et les garçons se comportent entre eux maintenant, ce qu'ils se disent, par exemple. Voilà une éternité que je n'ai pas entendu de conversation entre une fille et un garçon — au téléphone, tiens, par exemple.

A mon tour, j'ai soupiré.

– Désolée, mais je n'y peux rien.

– Je ne sais pas, moi ! Tu pourrais peut-être demander à une amie ?

– Ah oui ? Et à qui ?

– A Karen, par exemple.

– Karen ? Elle s'intéresse aux garçons, d'accord, mais je peux te dire que les choses ne vont pas beaucoup mieux pour elle que pour moi sur ce plan-là. L'autre jour elle a trouvé le porte-cartes d'un garçon, un truc en cuir. Jeffrey Morgan, il s'appelait, c'était écrit à l'intérieur, avec son numéro de téléphone. Alors elle l'a appelé, mais tu sais ce qu'il lui a dit ? D'aller déposer ça aux Objets trouvés, qu'il irait l'y rechercher. Elle n'a même pas eu l'occasion de le voir.

– Hmmm, a murmuré Maman. Ce serait peut-être une idée. Une fille trouve le porte-cartes d'un garçon, ils discutent au téléphone, et après ça ils se rencontrent et...

– Et quoi ?

– Et... je ne sais pas encore, mais de toute façon, ce qu'il me faut, c'est une petite idée de ce que peuvent se dire entre eux filles et garçons d'aujourd'hui. Je donnerais cher pour pouvoir écouter une adolescente en grande conversation au téléphone.

Ça, c'est un appel du pied. Parce que pour ma part, quel que soit mon correspondant, je ne dis jamais rien d'important au téléphone. Je sais trop bien que Maman est peut-être en train de patrouiller, et j'ai trop peur de retrouver toutes mes petites affaires intimes dans ses livres.

La plate-forme de secours m'appartenait de nouveau à moi toute seule. Plus de trace de Jason Furst. Envolé, volatilisé. Sa mère aussi avait disparu, d'ailleurs. Depuis notre rencontre dans la buanderie du sous-sol, je ne les avais pas revus une fois. Bien calée sur la grille métallique de mon perchoir favori, je me prenais à songer à Jason. Qu'avait-il pu lui arriver ? Mais d'un autre côté, c'était merveilleux d'avoir retrouvé mon royaume. Pourquoi me tourmenter pour ce garçon ? Mais c'était difficile de ne pas s'inquiéter un peu. Après ce que j'avais vu en bas, j'étais bien obligée de conclure qu'il se passait d'étranges choses, de l'autre côté du couloir, et la mère de Jason ne m'inspirait pas confiance.

Le lendemain de cette fameuse rencontre, j'ai jeté un coup d'œil au bégonia. Rien. Je me suis assise par terre pour savourer ma solitude. Je m'interdisais de m'inquiéter pour Jason. Après tout, ce serait parfait si sa mère et lui avaient disparu — comme ça, dans la nature. Et pourtant, malgré moi, je me faisais du mauvais sang. Prise d'une inspiration subite, je me suis approchée de leur première fenêtre, tout doux, à pas de velours, et j'ai risqué un coup d'œil à l'intérieur. Il n'y avait ni rideaux ni stores et le soleil éclairait la pièce, on y voyait tout, comme si on y était. A l'intérieur, il n'y avait personne — mais des plantes, des plantes, des plantes partout. Des grandes et des petites, des plantes vertes et des plantes en fleurs, et toutes en beauté, florissantes, resplendissantes de santé. Il n'y avait rien d'autre dans la pièce. Des plantes, des plantes, des plantes.

J'ai regagné mon territoire attitré, et je me suis assise pour réfléchir. Que faire ? Appeler la police ? Lui dire qu'il se passait quelque chose de louche ? Que Jason et sa mère — ou cette bonne femme qu'il appelait sa mère — avaient mystérieusement disparu ? J'avais encore devant les yeux cette main maigre aux serres d'oiseaux de proie, ces ongles vernis d'un rouge sang, sur l'épaule menue de Jason. Je le revoyais, pris de panique, lorsqu'il avait reconnu ces pas.

Mais il faisait si beau, si doux, que j'ai décidé d'attendre.

Le lendemain, il faisait toujours aussi

beau, et j'ai remis l'affaire une fois de plus. Ce beau temps ne pouvait pas durer, on annonçait du brouillard et du froid, de toute façon.

Le jeudi après-midi, de retour au collège, j'ai ouvert ma fenêtre et je me suis glissée jusqu'à celle de chez Jason. Il faisait un temps à décorner des bœufs, à vous en donner le frisson. Je me suis penchée vers la vitre. J'ai vu surgir une tête devant moi, et ce n'était pas mon reflet. C'était la mère de Jason.

Elle a ouvert la fenêtre brusquement et m'a jeté à la figure :

– Eh bien, dis donc, toi ? Que fais-tu là ?

– Euh, je... je viens toujours ici, sur cette plate-forme. Je... J'y fais mes devoirs.

– Et c'est pour ça que tu regardais par ma fenêtre ?

– Oh, je suis... c'est une erreur... Je ne l'ai pas fait exprès. Je crois que...

– Oui, eh bien moi, ce que je crois, c'est que tu ferais bien de ne pas te mêler de ce qui ne te regarde pas !

Et vlan ! elle a refermé la fenêtre.

Je suis retournée où j'aurais dû rester. Donc, la mère de Jason était de retour, mais où donc était Jason ? J'ai commencé à mordiller le bout de l'ongle de mon petit doigt, le petit doigt de ma main droite — signe de nervosité chez moi. Tous mes autres ongles sont longs et présentables, mais pas celui du petit doigt de ma main droite. Parfois, il n'en reste plus rien, et dans ce cas, s'il y a urgence, j'attaque celui de la main gauche, mais il n'est pas aussi bon. Ce jeudi-là, l'ongle de mon petit doigt, il en a pris un méchant coup.

Et puis j'ai eu un éclair de génie. Le téléphone ! Et si je téléphonais à Jason ? N'était-ce pas le mode de communication favori de ma génération ? Le problème, c'était Maman. Toujours à rôder dans le secteur, avec une oreille qui traîne. Et sa mère à lui, aussi ? Et si elle n'acceptait pas de me laisser lui parler ? Il fallait essayer, en tout cas.

Un dernier coup de dent à mon ongle, et j'ai entrepris d'enjamber la fenêtre. C'est à ce moment-là que je l'ai vu. Il dépassait un peu du pot, sous une feuille sèche de bégonia rex. Un tout petit bout de papier roulé serré, serré.

Je l'ai déroulé, fébrile.

*Pourrais-tu venir me retrouver*
*devant la grande serre du parc Golden Gate*
*vendredi après-midi à quatre heures ?*

Et c'était signé : *J.*

J'ai retourné le papier et griffonné en hâte :

*Oui.*
*R.*

J'ai soigneusement
replié le papier, en
quatre et en huit et en
seize, avant de le glisser dans le pot, bien
calé, à l'abri du vent. Puis je suis restée
là, sagement, sur ma portion de plate-
forme, tout le restant de l'après-midi

malgré le brouillard glacial. Mais je n'ai pas vu Jason.

Le lendemain matin, pourtant, quand j'ai relevé mon store, le petit billet avait disparu.

La plupart du temps, le vendredi, Karen vient chez moi en visite, pour la soirée et la nuit, ou c'est moi qui vais chez elle. Mais ce vendredi-là, elle n'était pas en classe, et Maman m'a dit, à mon retour, qu'elle venait juste de m'appeler et qu'elle demandait que je la rappelle. Il était déjà trois heures et quart, ce qui me laissait peu de temps. J'ai formé le numéro en hâte.

— Allô, c'est Karen ?

— Allô, oui. C'est Rebecca ?

— Oui. Qu'est-ce qui t'arrive, tu es malade ?

— Oh, tu sais, cet ongle incarné ? Voilà qu'il s'est infecté, et ça fait drôlement mal quand je marche. Tu ne voudrais pas venir ici, s'il te plaît ?

— D'accord, mais pas tout de suite.

— Ah bon, pourquoi ?

— Je te le dirai quand je te verrai,

d'accord ? Tu m'excuseras, faut que je me dépêche. Salut !

– Salut.

A peine avais-je raccroché que le té-léphone a sonné. C'était Karen.

– Hé, tu n'as pas dit à quelle heure tu arriverais !

– Oh, mettons six heures. Je ne sais pas, moi !

– Ma mère doit faire un soufflé. Elle a besoin de savoir exactement à quelle heure tu viens.

– Dans ce cas, mettons plutôt sept, ce sera plus sûr.

– D'accord, mais dis : où est-ce que tu vas ?

– Je t'assure, je préfère ne pas le dire. Pas maintenant. Allez, à tout à l'heure, je te le dirai.

– Mais pourquoi tant de mystère, enfin ? Je te trouve bizarre, en ce moment, tu sais. C'est à cause de tes nouveaux voisins, non, les drôles de gens de la porte d'en face ?

– Je ne peux rien te dire maintenant.

– Mais moi je te dis tout, tu le sais bien. Et toi tu ne me dis jamais rien.

– Si, je te dis tout, grosse maligne — ce

qu'il y a c'est que je ne veux pas te le dire au téléphone. Et tu sais très bien pourquoi.

— Parce que ta mère écoute, c'est ça ?

— Hmm-hmm.

— Bon, mais promets-moi de me le dire tout à l'heure.

— Promis.

— Tu ne veux pas me donner un indice, un petit tuyau ? Dis ?

— Pas question, et d'ailleurs je n'ai plus le temps. Il faut que j'y aille. D'accord ?

— D'accord, mais tu es horripilante, voilà.

— Eh bien, tant pis, toi aussi. Salut.

Maman était en train de siroter sa énième tasse de café de la journée, et elle m'a suivie dans ma chambre. Elle s'est assise sur mon lit pendant que je fourrais dans mon petit sac à dos la brosse à dents et le pyjama que j'emporte d'ordinaire chez Karen.

— Tu vas chez Karen, si je comprends bien ?

— Oui, et je prends mon vélo. J'y passerai la nuit, en principe.

— Comment va Karen ?

– Oh, elle a un ongle incarné, mais à part ça tout va bien.

– Rien de nouveau pour elle ?

– Pour elle ? Non, pas que je sache.

– Ah bon. Et toi, ma chérie, rien de neuf ?

– Non non, rien de spécial.

Maman a jeté un regard morose sur le fond de sa tasse vide, et je me suis empressée d'ajouter :

– Et ton livre, au fait ? Il avance ?

Maman a pris l'air soucieux.

– Ah, j'ai quelques petits problèmes, il faut que j'en discute avec toi.


Il était quatre heures moins vingt-cinq et c'était à quatre heures précises que j'avais rendez-vous avec Jason devant la grande serre du parc.

– Si tu veux, on pourra en parler demain quand je reviendrai, ai-je proposé à Maman. Parce qu'il faut que j'y aille, maintenant.

Maman a eu l'air déçu, mais elle ne m'a pas retenue et je suis partie à grandes enjambées.


Jason était déjà là, assis sur les

marches de pierre menant à l'entrée de la serre. C'était la troisième fois que je le voyais — mais la première fois, au fond, que je lui voyais l'œil sec. J'ai pris ma bicyclette sous mon bras pour la hisser en haut de l'escalier, et il a souri en m'apercevant.

– Où étais-tu passé, tous ces jours ? lui ai-je demandé en guise de salut.

– Moi ? Oh, chez Alice. Une amie de ma mère. Maman a dû s'absenter quelques jours.

– Je me suis fait du mauvais sang pour toi. Je me demandais ce qui avait pu t'arriver.

– Comment ça ? Que voulais-tu qu'il m'arrive ?

Il ouvrait des yeux tout ronds, tout ébahis. Des yeux qui m'ont frappée, tout à coup : des yeux d'un brun presque noir, dans ce visage à la peau claire, aux cheveux si pâles.

– Je ne sais pas, moi, comment veux-tu que je le sache ? (Elle était bien bonne, celle-là !) Mais tu comprends, j'avais vu ta mère venir te chercher d'un air furibond à la buanderie, et te mettre la main au collet, et après ça tu disparais pendant des jours...

— Trois jours, c'est tout.

— Enfin, quoi qu'il en soit, moi je ne savais pas que faire. En tout cas, si tu étais resté invisible un jour de plus, je crois que j'aurais alerté la police.

— Un jour de plus, ça ne risquait pas ! Il y avait toutes les plantes à arroser.

— Peut-être, mais moi je n'en savais rien. Et puis, il y a eu ta mère... Ecoute, je voudrais te poser une question...

— Vas-y.

— Ta mère... C'est vraiment ta mère ?

Il a hoché la tête, avec une sorte de tremblement convulsif. Comme quelqu'un qui a froid soudain. Quelqu'un à qui on vient de faire couler de l'eau sur la nuque.

— Ma mère ? a-t-il répété.

Mais son regard était ailleurs. Ses yeux venaient de se poser, soudain, au pied des escaliers, sur un massif de fleurs d'automne dont les couleurs éclatantes tranchaient sur le vert de la pelouse. Et tout à coup, sans dire un mot, il m'a montré quelque chose du doigt. J'ai suivi la direction de son doigt, et là, dans le massif de fleurs, j'ai aperçu un lapin, un joli petit lapin blanc, tout en rondeurs, qui sautillait de touffe en touffe, tache claire parmi les couleurs vives — jaune d'or, orangé, rouge sombre. C'était un plaisir de le voir, à vous rendre la joie de vivre.

Mais Jason ne m'a pas laissé dire mon admiration pour cette scène bucolique. Déjà, il dévalait les escaliers, et je l'ai vu avec stupeur foncer vers le lapin blanc et lancer le pied en l'air comme s'il voulait shooter dedans. Le lapin, à grands bonds, a quitté le massif de fleurs, traversé la pelouse en flèche et disparu dans un bosquet.

Jason est revenu, ulcéré, les joues en feu.

— Tu as vu ?

— Oui, j'ai vu, et je trouve ça dégoûtant.

— Alors là, moi aussi ! a-t-il approuvé, véhément. C'est tout de même incroyable, ces gens qui achètent des lapins, et puis ensuite qui les lâchent dans le parc, parce qu'ils trouvent que s'en occuper, finalement, c'est trop fatigant ! Enfin quoi ! Quels fléaux !

– Qui ça ? Les gens qui lâchent les lapins ?

– Non, les lapins eux-mêmes ! De sacrées sales bêtes, tu peux me croire. Peuvent pas voir une plante sans y mettre la dent. Les lapins, ce n'est pas difficile : il faut qu'ils goûtent à tout ce

qu'ils trouvent, c'est plus fort qu'eux. Derrière eux, plus rien, terminé ! Tu n'as pas vu, celui-là, comme il mâchouillait ces pauvres dahlias ? Encore heureux que j'étais là, tiens ! Il aurait bouffé tous les œillets d'Inde, si on l'avait laissé faire.

— Ce n'est pas une raison pour essayer de l'envoyer valser d'un coup de pied !

— Que si, c'est une raison ! Tu croyais que j'allais le caresser, peut-être ? J'aurais bien flanqué un coup de pied au derrière de celui qui l'a lâché dans le parc, aussi. Quand je pense à toutes ces plantes rares qu'il va sans doute saccager...

— Dis donc ! Il me semble qu'un lapin a le droit de vivre, non ? Au moins autant qu'une plante.

Il m'a regardé comme si je venais de proférer une énormité.

— Parfaitement, ai-je insisté. Pour qui te prends-tu, j'aimerais le savoir, pour décréter, comme ça, sans appel, qu'un dahlia ou un œillet d'Inde sont plus importants qu'un lapin ? Permets-moi de te dire, pour ma part, je préfère mille fois les lapins aux dahlias.

– Moi aussi, je les aime bien, les lapins, a
dit Jason. Surtout en sauce moutarde.
– Quoi ? Tu manges du lapin ?
– Et comment donc, a dit Jason. Il n'y a
même que comme ça que je les aime. Un
vrai bon lapin, c'est un lapin en sauce.
– Oh, tais-toi, c'est dégoûtant ! (J'aurais
voulu lui tordre le cou.)
– Dégoûtant ? Ce sont les lapins, oui, qui
sont dégoûtants. Seulement, tu comprends, on leur fait bonne presse.
Jeannot Lapin, le Lapin de Pâques et tout
ça. C'est ça, l'ennui. On ne dit pas assez
aux gens que les lapins sont un fléau,
qu'ils dévorent tout et n'importe quoi.
N'importe quoi. Tu peux t'échiner des
années à faire pousser une belle plante
rare, introuvable ailleurs dans le monde,
et voir en l'espace d'une minute un
imbécile de lapin anéantir tous tes efforts. D'ailleurs, c'est bien simple : tous
les gens qui aiment les plantes ont une
sainte horreur des lapins.
– Dans ce cas, je peux te dire une chose :
je suis bien contente de ne pas aimer les
plantes.
Mais Jason ne m'écoutait plus.
– Bon, ce n'est pas tout, ça, mais où est

le jardinier du secteur ? s'est-il écrié à voix haute, en scrutant le parc autour de lui. Il faut absolument le prévenir. Viens, on va chercher le jardinier.

Et je lui ai emboîté le pas, ma bicyclette à la main. Chemin faisant, je lui ai dit son fait. Et tout le mal que je pensais de quelqu'un qui se sentait capable de faire du mal à un pauvre petit lapin sans défense.

Lui ne m'écoutait pas, c'était visible. Il cherchait des yeux le jardinier, et je l'ai suivi dans la serre, sans cesser de lui dire ce que je pensais de lui et de son désir criminel d'exterminer tous les lapins de la planète.

La serre sentait la fleur tiède et la feuille écrasée. J'étais déjà venue là plusieurs fois, car nous avions en famille déambulé le long de ces allées, sur les talons de ma mère qui était là toute à son affaire. Jason allait d'un pas résolu, et nous venions de dépasser un bananier florissant lorsque soudain...

– Arrête ! ai-je soufflé à Jason. Arrête-toi. Ecoute !

Il s'est immobilisé devant moi. Derrière nous résonnait un bruit de pas, un claquement de chaussures à talon. Quelqu'un nous suivait — une femme — quelqu'un qui gagnait du terrain. J'ai voulu protéger Jason, et j'ai tiré ma bicyclette en rempart devant nous. Sa mère. C'était sa mère. Et elle allait nous rattraper.

# Chapitre 6

— Arrêtez ! nous a hélé une voix, impérieuse. Arrêtez, tout de suite !
— Ne t'en fais pas, ai-je soufflé à Jason. Je ne la laisserai pas te faire de mal, cette fois.

Et elle a surgi dans notre champ de vision, au détour de l'allée, dans un froissement soyeux de feuilles de bananiers.

— Arrêtez, là, vous deux !

Ce n'était pas la mère de Jason.

C'était une grosse dame, en pull et pantalon, une employée du parc, à l'évidence. Elle pointait sur moi un doigt accusateur.

– Dis donc, toi ! Veux-tu me sortir ce vélo d'ici, et tout de suite ! Tu n'as pas vu le panneau, à l'entrée, non ? Pas de bicyclettes dans la serre !

– Euh, s'il vous plaît, madame, est intervenu Jason en se portant en avant. C'est de ma faute. J'aurais dû y penser. Mais... Euh, vous travaillez ici ?

– Oui.

– Parce que, vous comprenez, ce qui nous a mis la tête à l'envers, c'est que nous avons vu un lapin. Oui, un lapin blanc. Quelqu'un a dû se débarrasser de ce lapin dans le parc et je l'ai vu dans les dahlias. Même qu'il était en train de dévorer un dahlia Virginia Hodgkiss.

– Un Virginia Hodgkiss ! a répété la grosse dame, avec des trémolos dans la voix.

– Hélas, oui, a confirmé Jason, lugubre. Je l'ai chassé, mais il reviendra.

La dame a plissé les yeux.

– Oh, mais nous l'attraperons. Nous l'attraperons, ne t'en fais pas. Même si je dois lancer à ses trousses tout mon personnel réuni. Dire que ça va faire le treizième que nous retrouvons ici depuis Pâques ! Ce sont plutôt les gens qui les relâchent, tenez, que j'aimerais bien pouvoir coincer !

Jason a émis poliment quelques tst tst de commisération, puis il a enchaîné, confiant tout à coup :

— Oh, je sais ce que c'est, vous savez. Avant, j'habitais à Santa Monica, et si vous aviez vu les dégâts qu'un lapin avait commis dans ma collection de bégonias tubéreux ! Euh, vous vous y connaissez, en bégonias tubéreux ?

Les poings sur les hanches, la dame s'est mise à rire.

— Si je m'y connais ? Un peu, oui ! Tu n'as pas vu la collection que nous en avons ici, sur l'aile ouest ? Oh, il y a de quoi faire, justement, dans ce secteur, mais je m'y attache activement.

— Ah bon ?

— Sûr. Les bégonias, c'est ma spécialité ; j'ai même écrit un livre là-dessus et plusieurs brochures...

— Vous vous appelez comment ?

— Irene Cummings.

— Non ? C'est vrai ? Irene Cummings ? Irene Cummings qui a créé le bégonia Smoky Flamingo ?

Elle en est devenue toute rose.

– Oui, a-t-elle dit. Avec mon défunt mari, Dieu ait son âme.

Jason n'avait plus qu'un filet de voix.
– Oh, et moi qui rêvais de vous rencontrer depuis des années. Nous venons juste d'arriver de Santa Monica. Je faisais partie du Club des amateurs de bégonia, là-bas, et votre dernière publication était vraiment notre bible — ça, je vous le garantis, notre bible.

Elle a eu un petit rire modeste.
– C'est très gentil à toi de me dire ça, je suis ravie de faire ta connaissance, euh...
– Jason Furst.

– ... Jason Furst.

Ils étaient là, plantés, tous deux, à se sourire d'un air ravi.
– J'aimerais vraiment jeter un coup d'œil à votre collection de bégonias tubéreux, a enfin conclu Jason, et tous deux, tournant les talons, se sont enfoncés dans les profondeurs de la serre.

Une bonne demi-heure plus tard, Jason a fait sa réapparition. Irene Cummings l'a accompagné à l'entrée, et tous deux ont échangé une poignée de main. Jason avait la mine extasiée de quelqu'un qui viendrait de visiter le paradis.

– Elle m'a invitée à m'inscrire au Club des amateurs de bégonia du coin. Elle m'a promis de m'emmener faire une visite complète de leurs serres chaudes, et elle va remplir une fiche pour que je pui...

– Dis donc, l'ai-je coupé net. Tu sais que ça fait plus d'une demi-heure que je poireaute, moi ?

– Oh flûte ! a dit Jason, toute sa joie envolée d'un coup. Je suis désolé, je t'assure. Je t'avais complètement oubliée.

– Merci bien. Ce fut un charmant après-midi, je ne te dis que ça. Je suis venue ici avec l'idée de venir en aide à quelqu'un qui m'avait l'air d'en avoir bien besoin. J'ai eu le plaisir de voir ce quelqu'un essayer de décocher un coup de pied à un malheureux lapin, puis de le voir me plaquer sans mot dire pour suivre une dame qui sait tout, tout, tout, sur le bégonia tuberculeux...

– Tubéreux, a corrigé Jason. Et d'ailleurs, elle ne sait pas tout. Par exemple, elle ne savait pas qu'un peu de fumier de cheval avec de la farine de poisson...

Mais déjà j'empoignais le guidon de mon vélo.

– Tu parles si ça m'intéresse, moi, tes recettes au fumier de cheval ! Je t'attends depuis une éternité, je gèle et j'en ai plus qu'assez, et d'ailleurs, finalement, tu n'as pas l'air d'avoir besoin d'aide, pas plus qu'une anguille d'une paire de bretelles — et bien moins que certain petit lapin, en tout cas !...

Mais les yeux de Jason sont devenus bizarrement brillants.

– Si, j'ai besoin d'aide, a-t-il murmuré. Si, je t'assure, j'ai vraiment besoin de toi.


Nous nous sommes assis sur les marches et il m'a tout raconté. Le lapin blanc n'étant pas revenu, rien ne nous a interrompus.

– *Avant*, a commencé Jason, je veux dire jusqu'à ces deux ou trois derniers mois, ma vie était quasiment parfaite. Ma mère — je n'avais rien à lui reprocher, c'était une mère formidable, et mon père... mon père...

Sa voix chevrotait une fois de plus.

— Ecoute, l'ai-je prévenu d'une voix ferme. Si tu te remets à pleurer, moi je m'en vais dans la minute qui suit.

— Mais je ne pleure pas, m'a assuré Jason en redressant le dos et en me regardant droit dans les yeux. (Curieux, ces yeux. Sombres, étonnamment sombres, et empreints d'une tristesse que je n'avais jamais vue chez personne.) Mon père et moi, tu n'as pas idée comme on s'entendait bien. C'est idiot à dire, peut-être, mais c'est vrai. Je pense que c'est parce que je suis fils unique. En tout cas, je m'étais toujours senti très très proche de lui, je ne sais pas si tu vois ce que je veux dire.

— Un passionné de bégonias, lui aussi ?

— Lui ? Un dingue. Un vrai dingue. D'ailleurs, c'est lui qui m'avait appris à les aimer. Tu sais, s'il l'avait voulu, il aurait pu être un grand botaniste. Si tu avais pu voir notre jardin à Santa Monica ! Tout, il arrivait à tout faire pousser, même les plantes réputées difficiles. Tout florissait, entre ses mains. Tout au fond du jardin, nous avions une petite serre, une serre chauffée l'hiver, et Papa et moi y faisions pousser chacun toutes sortes de plantes, mais surtout, bien sûr, des bégonias tubéreux.

— Et ta mère ? ai-je demandé sur un ton léger en évitant d'insister. Elle s'intéresse aux plantes, elle aussi ?

— Oui, mais elle, sa passion, ce serait plutôt les saintpaulias — comme tu as dû t'en apercevoir le jour où tu es venue mettre ton nez à notre fenêtre, comme elle me l'a raconté.

— Dis, c'était *toi* que je cherchais, imagine-toi. Alors tu penses bien que les fleurs qui poussaient là, je n'y ai guère fait attention...

— Bon, ça va, mais en tout cas, ma mère s'est toujours intéressée davantage aux plantes d'appartement qu'aux plantes de jardin, contrairement à Papa et à moi.

Sa voix s'était encore altérée.

— Jason ! l'ai-je prévenu, sévère.

Il a poursuivi en ravalant un soupir :

— Papa disait toujours qu'il comptait bien que je deviendrais botaniste, moi, plus tard. Son grand regret à lui était de ne pas avoir pu faire ce genre d'études. Parce qu'il n'avait pas assez d'argent, tu comprends. Alors il avait dû interrompre ses études, et se mettre à travailler. Oh, remarque, il s'en était très bien tiré. Il avait monté sa petite affaire, une fabrique de matériel dentaire. Nous ne manquions de rien, nous habitions une grande maison, et nous avions encore de quoi nous offrir des voyages, histoire de visiter les jardins célèbres du monde, ici et là.

— Pas mal, ai-je commenté, évasive, mais revenons à ta mère.

— Oh, ma mère..., a dit Jason en regardant dans le vague. Elle a beaucoup changé, subitement — je ne sais pas pourquoi.

— Ah bon ? Mais changé comment ? Changé en quoi ?

— Tu sais, jusqu'ici, elle avait toujours été une mère parfaite. Chez nous, tout étincelait, la cuisine était exquise, et Maman nous encourageait, mon père et moi, à nous occuper de nos plantes tant que nous voulions...

— Oui, mais elle, que faisait-elle ? Je veux dire, elle travaillait ou quoi ?

— Non, non, bien sûr que non. Ce n'était vraiment pas la peine. Elle restait à la maison, elle s'occupait de nous, de son intérieur...

— Dis, tu sais que ce n'est pas très féministe, ce que tu dis là ? Je dirais même que c'est franchement sexiste, là, tu vois.

— Ah bon ? (Il avait l'air étonné.) Intéressant.

— Non, justement, pas intéressant. Pas intéressant du tout. Mais continue donc.

— Oui, euh. Maman était toujours un peu trop ronde, d'ailleurs. Forcément, avec toute cette bonne cuisine. Et elle a tendance à prendre du poids plus facilement que nous deux.

— Ta mère ? Un peu ronde ? Cette dame toute maigre ?

— Oui. Tout s'est passé très vite. En l'espace de deux mois, deux mois et demi, Maman a dû perdre dans les douze ou quinze kilos — et tout s'est écroulé autour de moi. Tout.

— Attends, là explique-toi, je ne te suis pas. Que s'est-il passé, au juste ?

— Ce qui s'est passé, je n'en sais rien, a dit Jason en regardant droit devant lui. Un beau jour, Papa m'a embrassé en me disant de prendre bien soin de Maman. Jamais il ne m'avait dit ça. Il lui était arrivé de me demander de pulvériser de l'anticochenilles sur les arbres fruitiers, ou de rempoter des jeunes plantes, mais jamais au grand jamais de veiller sur Maman.

– Et alors, tu t'es douté qu'il se passait quelque chose ?

– Non, pas vraiment. Je lui ai demandé où il allait. Il a un peu hésité, et puis il m'a dit qu'il fallait qu'il aille à l'étranger. Il avait vraiment la mine sombre, en me disant ça. Un voyage d'affaires, il m'a dit, mais sans doute un voyage prolongé ; il n'était pas certain de pouvoir rentrer avant un bon bout de temps. Même alors, je te dirais, je ne me suis pas plus affolé que ça. Des voyages à l'étranger, il en avait déjà fait souvent. Je savais qu'il travaillait avec des firmes en Autriche, en France, en Suisse. Quelquefois, nous ne le revoyions pas avant un mois ou deux, et chaque fois d'ailleurs il revenait avec des graines de plantes rares récoltées au fil de ses déplacements.

– Et ta mère, qu'a-t-elle dit, elle, à ce moment-là ?

– Rien. Rien du tout — c'est drôle, quand j'y pense — mais c'est à partir de ce moment-là qu'elle a commencé à pleurer. Juste après son départ, elle s'est mise à pleurer un peu n'importe quand, et je crois même que toute la première semaine elle n'a fait à peu près rien d'autre. Moi, je n'y comprenais rien. Je lui montrais toutes les petites pousses qui démarraient sur nos bégonias, mais ça la faisait pleurer de plus belle. Pourtant, je t'avoue que je ne me suis vraiment inquiété que quand j'ai vu qu'elle en oubliait d'arroser ses saintpaulias. C'est là que j'ai compris qu'il y avait vraiment quelque chose qui ne tournait pas rond.

– Et alors ?

– Alors nous avons reçu une carte de mon père. Une carte postale de Paris.

– Et que disait-elle, cette carte ?

– « Parterres du jardin des Tuileries terriblement décevants. Vous me manquez beaucoup tous deux. Baisers, Papa. »

– Et ensuite ?

– Alors là, je ne sais pas pourquoi, Maman est devenue d'une humeur massacrante. Elle ne supportait plus rien. Par exemple, elle est entrée en fureur après Mme Ferguson, la voisine, tout simplement parce que Mme Ferguson m'avait demandé de venir dans son jardin, jeter un coup d'œil à son tas de compost. C'est ce jour-là, ou le lendemain, que Maman s'est arrêtée de pleurer et qu'elle a commencé à tout mettre en paquets. Il fallait déménager, elle disait. On allait vendre la maison, et la quitter pour toujours. Moi, je voulais savoir pourquoi. Je lui ai posé la question des dizaines et des dizaines de fois, mais elle n'a jamais voulu me répondre. J'avais l'impression qu'elle avait peur. Elle disait que non, mais je voyais bien que si — et je ne savais pas de quoi. Je lui ai demandé si Papa saurait qu'on déménageait, et elle m'a dit bien sûr que oui, il nous retrouverait à San Francisco. Quand elle a dit San Francisco, je lui ai dit que la plupart de nos plantes ne survivraient pas au climat, qu'il y ferait beaucoup trop froid, et elle a répondu... elle a répondu...

— Jason, reprends-toi ! Qu'est-ce que je t'ai dit, hein, moi ?

— Elle a répondu qu'on n'emporterait que celles qui pourraient survivre.

Bizarre. Curieuse affaire, vraiment. Quelque part au milieu de toutes ces histoires de plantes, il devait y avoir un indice bien caché.

— Attends, tu peux me répéter ce que disait la carte de ton père ?
— Oh ! oui, je le sais par cœur, va. « Parterres du jardin des Tuileries terriblement décevants. Vous me manquez beaucoup tous deux. Baisers, Papa. »
— Hmm ! Il doit y avoir un sens caché entre les lignes de cette carte.
— Peut-être, mais quoi ?
— Laisse tomber pour le moment, continue.
— Bon, on est donc arrivés à San Francisco il y a un mois à peu près, et pour commencer on s'est installés chez cette amie de Maman, Alice. Tout le temps qu'on était chez Alice, Maman disparaissait chaque semaine pendant un jour ou deux, et moi je restais chez Alice. Et enfin, il y a une huitaine de jours, elle a décidé qu'il nous fallait un appartement à nous, et voilà.
— Mais cette semaine aussi, dis-moi, elle

a disparu pendant deux ou trois jours. N'est-ce pas ?

— Oui. Elle n'a pas voulu me dire où elle allait. Elle dit que c'est en rapport avec les affaires de Papa.

— Elle était située où, au juste, la firme de ton père ?

L'espace d'une seconde, Jason a hésité.

— A Los Angeles, *avant*. Seulement, depuis, il y a eu le feu, tu vois. Tout a brûlé, tout l'immeuble. Il faudra que mon père trouve un autre emplacement où installer ses affaires, quand il reviendra.

— Bon, dans ce cas, j'imagine que c'est là que va ta mère. A Los Angeles. Pour régler ceci ou cela. Tu penses bien qu'il doit y avoir des tas de petits détails à régler, avec ton père absent.

— J'y ai pensé aussi, mais pourquoi refuserait-elle absolument que je vienne avec elle ?

— Ah ! C'est vrai. Et tu pourrais revoir tes amis.

— Mes amis ? Quels amis ? Je n'ai jamais eu d'amis, à part les membres du Club des amateurs de bégonia, bien sûr. Justement, tiens, il y a un dentiste que j'aimerais bien revoir. Il était sur le point d'obtenir un bégonia à fleurs presque noires, mais...

— Tu veux dire que tu n'as pas d'amis de ton âge ?

— Non, a reconnu Jason. Maman disait toujours que c'était parce que j'étais trop doué.

Je n'ai pas pu me retenir de pouffer.

— Les mères disent toutes ça, tu sais.

— Ah ? La tienne aussi en est persuadée ?

— Elle n'a pas besoin d'en être persuadée, elle le sait. Même que ça la décourage — mais que veux-tu y faire ? Je t'avouerai que moi non plus je n'ai jamais eu d'amis à la pelle, mais tout de même j'en ai toujours eu, au moins deux ou trois. Comment se fait-il que tu n'en aies pas du tout ?

— Bah, parce que ça s'est trouvé comme ça, j'imagine, a décidé Jason. Mais tu comprends, tant que j'ai eu mon père avec moi, je ne peux pas dire que ça me manquait vraiment.

— Tout de même. Si tu en avais, ça ne te ferait pas de mal, à mon avis.

Il me regardait, le sourcil interroga-

teur. J'ai compris. J'ai fait la moue.

– Oh, je ne sais pas, lui ai-je dit, en toute honnêteté. Pas sûr que nous soyons faits pour nous entendre, tu sais. D'accord, je voudrais bien t'aider parce que je vois que tu es dans le pétrin, mais autrement...

– Moi, j'aimerais bien qu'on soit amis, m'a-t-il dit d'une voix pathétique. Même si tu laisses mourir les bégonias.

– Bon, dans ce cas je pense que je peux passer l'éponge sur ta manie de lancer des coups de pied aux lapins — du moins tant que tu ne le fais pas devant moi...

Il a hoché la tête, très sérieux.

– Je ne sais plus que faire, tu comprends, a-t-il murmuré comme pour lui-même. Que ferais-tu, toi, à ma place ?

– Je pense que je commencerais par essayer de trouver ce qu'est devenu mon père. Voilà. C'est par là qu'il faut commencer. Tu n'y crois plus, je pense, à cette histoire de voyage d'affaires en Europe — si ?

Il a fait non de la tête.

– Non. Franchement. Plus vraiment.

– Bon, dans ce cas, ce qu'il faut faire, c'est examiner toutes les hypothèses possibles et imaginables. En numéro un, dis-moi, tu n'as jamais envisagé que ton père puisse travailler pour le compte de la CIA ?*

– Mon père ? Tu es malade ?

– Non, écoute donc un peu. Tu m'as dit toi-même qu'il a toujours fait un certain nombre de voyages en Europe, non ? Alors, moi, je me dis qu'il se pourrait très bien qu'il ait toujours travaillé pour la CIA, mais bien évidemment il n'était pas question que tu le saches.

– Et ma mère ?

– Oh, ta mère devait le savoir, bien sûr. Je dirais même qu'elle a dû comprendre quelque chose de secret, dans cette carte que vous avez reçue de Paris. Un message codé, sans doute, quelque chose qui l'a effrayée.

– Mais quoi ?

– Je n'en sais rien, mais tu dis bien toi-même qu'elle a changé presque d'un seul coup. Sans crier gare il a fallu déménager, vendre votre maison, quitter votre quartier, votre ville...

* C.I.A. (Central Intelligence Agency). La C.I.A. envoie des agents secrets un peu partout dans le monde.

– Mais qu'est-ce qui aurait pu nous y obliger, d'après toi ?

– Réfléchis un peu. Sûrement ton père, avec ce message, a dû glisser à ta mère un avertissement secret. La prévenir qu'il y avait danger. Peut-être qu'il est en mission secrète, et qu'il veut surtout éviter que quiconque sache où vous vous trouvez, tous les deux.

Jason se grattait la tête.

– Non, a-t-il décidé. Je t'assure, ça ne tient pas debout. On voit que tu ne connais pas mon père. La CIA, lui ? Ce n'est pas son genre. Je t'assure qu'il ne ressemble en rien à un agent de la CIA. Sorti de ses plantes et de ses fournitures dentaires...

– Mais justement, quoi, réfléchis ! C'est bien ça le parfait agent de la CIA ! Tu ne voudrais tout de même pas qu'en voyant passer un agent de la CIA on se dise tout de suite : « Tiens, celui-là, pas de problème, c'est un agent de la CIA ! » Tu ne regardes donc jamais la télé ?

– Oh, très rarement, a reconnu Jason. Mon père a toujours été contre la télé, d'une manière générale, à l'exception des émissions sur les plantes, ou à la rigueur sur les baleines. Attends. Les émissions artistiques, aussi, la danse et la musique et tout ça.

— Là ! Qu'est-ce que je disais ? Tu vois bien. Il faisait son possible pour t'éviter d'être au courant de ce qui se passait dans le monde. Il voulait te laisser dans l'ignorance, à t'occuper de tes petites plantes. Tu ne te rends pas compte, un peu ? Il se passait des quantités de choses, pendant que tu rempotais tes petits semis...

Il a eu un ricanement triste.

— Rempoter mes semis, tu parles ! Je n'en ai même pas eu le temps. Maman m'a arraché de Santa Monica avec tant de précipitation que je n'ai même pas eu le temps de donner mes terrines et mes pots à d'autres mordus comme moi. C'est terrible d'y penser, tu sais. Pense à ces centaines de...

— Jason, tu m'écoutes, oui ou non ?

Il a secoué la tête, réprimé un frisson. Il portait un petit blouson de coton, vingt fois trop léger pour un après-midi à San Francisco, à l'heure où la brume froide se coule du rivage vers la terre.

– Tu ferais bien de t'habiller plus chaud, si tu veux survivre ici, lui ai-je vivement conseillé. Il peut faire joliment froid, sûrement plus qu'à Santa Monica, surtout en fin d'après-midi.

Il a jeté un coup d'œil à sa montre et sauté soudain sur ses pieds.

– Hou là, faut que je rentre ! Elle me croit à la bibliothèque. Tu penses bien que je ne suis pas censé être ici avec toi. Elle m'a bien dit que je ne devais parler à personne de l'immeuble, et surtout pas à vous. Il faut que je m'en aille, tu m'excuseras.

– Ne t'en fais pas, va. C'est aussi bien. Il faut que je réfléchisse à tout ça, et peut-être qu'une autre idée va me venir, on ne sait jamais.

– Oui, faut que j'y aille, et vite, a répété Jason. J'étais censé être de retour à la maison à cinq heures, et voilà qu'il en est presque six.

– Je te dis, va, ça ne fait rien.

Je me suis relevée à mon tour, j'ai redressé ma bicyclette. Jason farfouillait furieusement dans ses poches.

– Tu as perdu quelque chose ?

– Non, mais je n'ai pas d'argent pour rentrer. Et j'en ai pour une heure, à pied...

– Pourquoi n'es-tu pas venu en vélo ?

– Jamais appris à faire du vélo. Tu n'aurais pas une ou deux pièces ?

– Quelque chose comme quarante *cents*.

– Tu serais gentille de me les passer. Il me faut de quoi payer le bus, et peut-être aussi de quoi m'acheter un petit quelque chose à grignoter. Je tombe d'inanition.

– D'accord, mais tu me les rendras.

– Evidemment, que je te les rendrai ! Tiens, je les mettrai dans le pot du bégonia, la prochaine fois que je te mettrai un mot. Demain, peut-être. Regarde dans le bégonia demain.

# Chapitre 7

La mère de Karen n'a pas fait de
soufflé pour le dîner. Elle était bien trop
occupée à se chamailler avec son mari.
Contrairement à mes parents, qui déam-
bulent dans toute la maison quand ils
s'offrent une scène de ménage, les parents de Karen s'enferment dans leur
chambre pour régler leurs comptes mu-
tuels. On n'en reçoit que des éclats de
voix étouffés.
– Maman ! braillait Karen, en tambourinant à la porte de la chambre parentale.
Maman ! Dis, je meurs de faim ! Quand
est-ce qu'on mange ?
– Bientôt, chérie, a répondu la voix de

Mme Blue à travers la porte. Dans quelques minutes.

– N'oublie pas que Rebecca est là. Elle a faim, elle aussi !

– Oh, ce n'est pas grave, madame, ai-je tenté de rectifier. Je n'ai pas si faim que ça, je peux attendre.

La mère de Karen a entrouvert la porte. Elle avait le souffle court et les joues cramoisies. Son mari était dans les mêmes teintes. A ses pieds gisaient des morceaux de ce qui avait dû être un cendrier.

– Oh, bonjour, Rebecca, ça va ? a dit gentiment Mme Blue.

– Oui, oui, et vous ?

– Ça va, merci.

– Bonjour monsieur, ça va bien ?

– On ne peut mieux, a certifié le père de Karen en me saluant d'un geste gentil. Tes parents vont bien aussi, Rebecca ?

– Oui, oui, ils vont bien. Papa s'est entaillé le doigt hier soir en éminçant des carottes, et Maman est d'avis qu'il aurait dû aller à la clinique se faire faire quelques points de suture, mais il dit que ça s'arrangerait bien tout seul.

– Ma foi, a dit M. Blue, l'air grave, c'est

bien vrai que des quantités de choses s'arrangent toutes seules. Mais pas tout, bien sûr, pas tout.

— Non, pas tout, a confirmé Mme Blue. Pas tout.

Discrètement, de la pointe du pied, le père de Karen a écarté un éclat du défunt cendrier, tout en hochant la tête, solennel.

— J'ai l'estomac dans les talons, Maman, a dit Karen. Quand mangeons-nous ?

— Où est Lisa ? a demandé Mme Blue.

— Tu sais bien qu'elle et Heidi sont chez tante Bev — tu l'as déjà oublié ? Elle doit les emmener se faire couper les cheveux dans ce salon de coiffure-école où la coupe est à cinq dollars. Et ensuite elles iront dîner dans ce restaurant-école où on peut manger tout ce qu'on veut pour trois dollars soixante-quinze.

Mme Blue, très doucement, a commencé de refermer la porte.

— Écoute, chérie, si tu nous préparais une salade à ton idée ? Je te rejoins d'ici une minute.

— Maman ! a gémi Karen. J'ai un ongle incarné, moi ! Déjà, je ne devrais pas être debout, alors ! Arrêtez donc un peu de vous chamailler, Papa et toi, au moins pour le moment. Vous reprendrez ça après le dîner.

Mme Blue a ré-entrouvert la porte.

– Papa et moi ne nous chamaillons pas, chérie. Simplement, nous ne sommes pas d'accord — alors nous discutons, c'est tout.

– Moi je peux préparer le dîner, si vous voulez, ai-je proposé à Mme Blue. Je pourrais faire ce plat qu'a fait Papa, hier soir, juste après s'être coupé le doigt. Dedans, il avait mis des carottes, du yaourt, du thon et des raisins secs. Je sais, ça peut paraître bizarre, n'empêche que c'était délicieux. Surtout avec des patates douces. Vous avez peut-être des patates douces, non ?

Cette fois, Mme Blue a ouvert la porte pour de bon.

– Malheureusement non, je n'en ai pas, a-t-elle dit. C'est bien dommage, parce que je suis sûre que la recette de ton père est excellente. Harry ! a-t-elle ajouté par-dessus son épaule. Nous poursuivrons cette discussion un peu plus tard.

Après le dîner les parents de Karen

sont retournés dans leur chambre, et j'ai placé la vaisselle sale dans le lave-vaisselle. Karen prétendait devoir rester assise, à cause de son ongle incarné. Elle était affalée sur une chaise de cuisine, son pied posé sur une autre chaise.

— Alors ? a-t-elle voulu savoir. Où es-tu allée, finalement, tout à l'heure ?

— Au parc.

— Avec qui ?

— Jason Furst.

— Ton nouveau voisin, c'est ça ?

— Hmm hmm.

— Ce petit rabougri qui pleure tout le temps ?

— Hmm hmm.

— Bon, allez, tu racontes, m'a ordonné Karen d'une voix lasse, tout en entreprenant de peler son orteil des bandages qui l'enveloppaient comme une momie.

— Mais ? Pourquoi enlèves-tu ça ?

— Tu ne veux pas voir à quoi ça ressemble ?

— Pas précisément.

— Eh bien tant pis, moi si. Le médecin a été obligé de faire s'écouler tout le pus, et en principe je dois le nettoyer, de toute façon, alors... Sois gentille, mets-moi de

131

l'eau à bouillir, et apporte-moi cette cuvette blanche qui est sous l'évier — oui, celle-là, merci.

– Je croyais que tu voulais que je te parle de Jason Furst ?

– Mais bien sûr, je suis tout ouïe, a assuré Karen, tout en inspectant son orteil. Regarde-moi ça, Rebecca. C'est encore joliment rouge et pas mal enflammé. Je me demande si je pourrai encore couper à la classe lundi ou pas.

– Franchement, ça m'étonnerait ! Je te parie que dès demain ça ira déjà beaucoup mieux.

Karen s'est fâchée :

– Qu'est-ce que tu en sais ? Timmy Kronberg a eu un ongle incarné qui a commencé par empirer. Ils ont même songé à l'amputer, un moment.

– Timmy comment ?

– Kronberg. Un garçon avec qui je suis en espagnol. Son orteil est devenu bleu, et le pus était verdâtre, d'après lui. (Elle allongeait le pied vers moi, pour me permettre de mieux contempler la chose.) Remarque, je n'ai pas l'impression que le mien soit vert, qu'en penses-tu ?

– Pour en revenir à Jason Furst...

– Non, le mien serait plutôt jaune. Mais Timmy Kronberg dit que le sien était jaune, aussi, au début. C'est ensuite que son orteil est devenu bleu.

– Il se passe de drôles de choses chez Jason Furst, concernant son père, et d'après ce qu'il m'a dit...

Karen a détaché son regard de son précieux orteil pour me regarder bien en face.

– Comment se fait-il que tu ne me demandes pas ce qui me permet d'en savoir si long sur l'ongle incarné de Timmy Kronberg ? Je pensais que ça t'intriguerais, tu vois, te connaissant.

– Bien sûr, ça m'intéresse, mais je croyais que toi...

Elle s'est mise à pouffer.

– Le plus rigolo, c'est qu'on ait eu tous les deux un ongle incarné. Tu comprends, bon, d'accord, je savais déjà que nous avions des tas de choses en commun. Je l'ai appelé, cet après-midi, après t'avoir appelée, toi, et nous avons discuté — tiens-toi bien — pendant plus de deux heures, et figure-toi qu'il m'a dit...

Ça, c'est Karen tout craché. Elle me pose toujours des tas de questions, mais j'ai l'impression qu'au fond elle ne s'intéresse guère aux réponses. Comme cet après-midi, par exemple, au téléphone. Elle avait vraiment l'air de vouloir à tout prix savoir où j'allais, et avec qui, et pour quoi faire. Seulement, je ne pouvais rien lui dire, avec Maman aux alentours — mais c'est de préférence quand je ne peux pas répondre que Karen me mitraille de questions. Maintenant, rien de tout ça n'avait plus l'air de l'intéresser.

Elle m'a raconté en détail, par contre, comment ce Timmy et elle ont longuement discuté au téléphone et elle m'a avoué son petit faible pour lui.
– Eh, mais je croyais que c'était Doug McIntyre que tu aimais bien ?
– Oui, pendant un temps, mais maintenant c'est fini. En tout cas, Timmy a dit qu'il me rappellerait demain, et peut-être que je lui demanderai de faire un saut ici. Tu ne vois pas qui c'est, tu es sûre ? Non, c'est vrai, tu n'as aucun cours avec lui. Il est grand, drôlement grand, même — et pourtant il est de notre âge,

mais il est déjà dans l'équipe de foot officielle, l'équipe A — et il a des cheveux très bruns, tout bouclés... Un peu comme Tom Je-ne-sais-plus-quoi dans... Attends-ça-va-me-revenir... Ah oui, dans *L'Inconnu dans la ville*.

— Pas encore lu.

— Non ? Alors lis-le vite, ça va te plaire. Je l'ai ici, tu peux le lire dès ce soir si tu veux. En ce moment, moi, je lis *Entre les deux, mon cœur balance*. C'est du même auteur, tu vois, mais ce n'est pas la moitié aussi bien. D'abord, le garçon est blond et moi je n'aime pas les garçons blonds. Ce nouveau voisin dont tu me parles, tu m'as bien dit qu'il était blond, oui, je n'ai pas rêvé ?

— Jamais vu un blond aussi clair ; ce n'est même plus paille, c'est presque blanc.

— Beurk. Je ne comprends pas comment tu peux aimer quelqu'un comme ça.

— Je n'ai jamais dit que je l'aimais, tu veux rire ! C'est un copain, et encore... Oh, écoute, ne fais pas cette tête, je te jure que c'est vrai. Ce qu'il y a, c'est qu'il est tout seul et ce n'est pas drôle pour lui, alors tu comprends...

– Mouais, a dit Karen en recommençant d'emmailloter son orteil sous ses bandelettes. Une chose est sûre, d'après ce que tu m'en dis : ce n'est pas du tout mon type.

J'ai tout de même réussi à lui toucher trois mots de la situation — l'étrange disparition du père de Jason et la conduite bizarre de sa mère —, mais elle n'avait pas l'air passionnée. Ensuite, nous nous sommes plongées chacune dans un livre, après quoi Karen s'est longuement badigeonné de vernis rouge ses neuf ongles d'orteil restants, tout en reparlant de Timmy Kronberg.

A mon retour à la maison, le lendemain matin vers onze heures et demie, Maman m'attendait, c'était clair.
– Je t'emmène déjeuner quelque part, m'a-t-elle annoncé, toute joyeuse.

J'ai été prise de soupçons.
– Ah, pourquoi ?
– Oh, écoute, il fait si beau ! Arthur est parti pour la journée — il avait un match je ne sais où — et Papa est à la pharmacie, le malheureux. Nous n'allons pas rester enfermées bêtement, qu'en

penses-tu ? D'autant plus que ça fait un bail que nous ne sommes pas sorties toutes les deux.

— Ça, c'est à cause de ton livre. Il te donne du fil à retordre, on dirait.

— Ma foi, a reconnu Maman, je t'avoue que je ne serais pas fâchée d'en discuter un peu avec toi. Où aimerais-tu aller, au fait ?

— Pourquoi pas chez Zacks ? Voilà une éternité qu'on n'y a pas mis les pieds.

— Papa a la voiture, mais nous pourrions y aller à vélo, pourquoi pas ? Prendre un peu d'exercice ne me ferait pas de mal.

Le restaurant Zacks est à Sausalito, de l'autre côté du pont Golden Gate*. Nous avions le vent dans le nez, un bon petit vent décidé, et Maman avait du mal à me suivre. J'étais sans cesse obligée de faire halte pour l'attendre, et elle me rattrapait en soufflant comme un phoque et en pesant sur ses pédales de toutes ses forces.

— Ou bien je ne tiens pas la grande forme, ou bien je me fais vraiment vieille...

* Golden Gate : pont de San Francisco.

– Eh dis, quarante ans, ce n'est pas encore le grand âge.

Elle avait les joues toutes roses, et ses yeux bleus brillaient joliment. Elle me ressemble assez, à ce qu'il paraît. J'ai hérité de ses taches de rousseur, en tout cas (j'en suis criblée sur tout le visage), et de ses cheveux blond cendré. Les siens commencent à se teinter de gris, mais quand on la regarde d'assez loin, en clignant un peu des yeux, on lui donnerait bien moins que son âge.

– Tu crois que tu vas pouvoir y arriver, Maman ? Sinon, tu sais, il est encore temps de faire demi-tour.

– Mais non, va. Arrêtons-nous un moment, c'est tout. Le temps d'admirer le paysage.

Le paysage se laissait admirer. Sur l'eau bleue de la baie, à nos pieds, scintillaient les voiles blanches de dizaines de petits voiliers. La ville se découpait, brillante et claire, dans le soleil du matin. Maman a passé un bras sur mon épaule, et j'ai posé ma tête sur la sienne. Quelle chance de vivre ici, quelle chance d'avoir une mère aussi merveilleuse que la mienne...

138

Pourtant, moins d'une heure après, je la vouais aux gémonies, cette merveilleuse mère ! Nous étions attablées chez Zacks, sur la terrasse au-dessus de la baie, et les goélands tournoyaient au-dessus de nous, goguenards.

– Je le savais, que tu le ferais ! l'accusais-je, des larmes dans la voix. Tu n'as jamais pu t'en empêcher !

– Ecoute, ce n'est tout de même pas parce que Melanie aime faire ses devoirs sur la plate-forme de secours de son immeuble qu'il faut tout de suite... Enfin, réfléchis, tu n'es pas la première à...

– Non, ce n'est pas vrai ! Aucun de mes camarades ne le fait — et je ne veux pas de cette fille sur la plate-forme de sec...

– Bon, bon, d'accord. Ce n'est pas *ta* plate-forme, mais tant pis, je veux bien, je vais faire sauter ce détail.

– Fais lui faire ses devoirs dans sa chambre, d'accord ? Sur un vieux pupitre de chêne, avec un portrait de rocker punk sur le mur devant elle.

– Entendu, chérie, entendu, a promis Maman, conciliante. Et maintenant, pouvons-nous poursuivre ?

J'ai détaché une bonne bouchée de

mon hamburger, et j'ai regardé Maman, prête à l'arrêter de nouveau s'il le fallait.

— C'est surtout le garçon qui me pose des problèmes.

Et flop ! Une goutte de ketchup sur mon chemisier ! Prestement, je l'ai recueilli du bout du doigt. Il n'est resté qu'une toute petite tache.

— Je n'arrive pas à lui donner vraiment du caractère. Il a l'air un peu en bois...

— Comment l'as-tu appelé ?

— Jason.

— Quoi ? Jason ? Et pourquoi Jason, j'aimerais savoir !

Maman a ouvert des yeux ronds.

— Allons bon ! Qu'est-ce qui te déplaît dans ce prénom ?

— Dis, tu le sais très bien, ne fais pas l'innocente. C'est celui du garçon d'en face.

Maman s'est gratté la pommette, et n'a pas répondu.

— Tu vois bien que tu le fais toujours. Tu le sais très bien, pourtant, que j'ai horreur que tu te serves des prénoms de mes amis dans tes romans.

— Mais, je ne savais pas que c'était un ami à toi. J'ignorais même s'il s'appelait

Jason. Tu ne m'avais jamais dit que tu le connaissais.

Je me suis remise à frotter ma tache.


— Tu ne me dis jamais rien, poursuivait Maman.

— Bon, eh bien, je te le dis maintenant. Et s'il te plaît, n'utilise pas son prénom. S'il te plaît.

Maman a poussé un soupir.

— Bien, je vais le changer, va. Comment voudrais-tu qu'il s'appelle ?

— Oh, moi, ça m'est égal. Henry, par exemple. Pourquoi ne l'appellerais-tu pas Henry ?

— Henry ? Mais plus personne n'a donné ce prénom à un enfant depuis au moins deux générations. Je me vois mal l'appeler Henry.

— Pourquoi pas David, alors ? C'est un prénom chouette, pour un garçon.

— Hmm. David..., a murmuré Maman. David... Dave... Davey.

— Ah non, pas Davey, ai-je coupé. David ou Dave.

— Tout de même, Rebecca, c'est mon personnage à moi. C'est à moi de choisir son nom. Du moment que ce n'est pas le nom de quelqu'un que tu aimes...

— Je n'ai jamais dit que j'aimais Jason. Simplement, je ne veux pas que ce garçon s'appelle Jason.

— Je ne l'appellerai pas David non plus. David, ça ne m'inspire pas. J'aurais envie d'un prénom commençant par J. Jim, peut-être. Pas de Jim parmi les gens que tu aimes ?

— Non, et je n'aime pas le prénom Jim non plus.

— Parfait, a décrété Maman. Il s'appellera Jim, par conséquent. Mais ce n'est pas tellement sur ce point que je voulais discuter. Le prénom, ce n'est pas si important, malgré tout. Le problème, c'est lui, Jim. Il y a quelque chose qui cloche dans le personnage.

— Ah, et quoi donc ?

J'ai jeté un peu du pain de mon hamburger à deux ou trois goélands qui rôdaient là, confiants. Je me suis demandé soudain ce que Jason pensait des goélands. Étaient-ils un danger public, eux aussi ?

— Justement, c'est là le problème : je ne

sais pas. Je ne lui trouve rien à redire. Il est gentil, bien fait de sa personne...

— Décris-le-moi.

— Oh, il est grand — un mètre quatre-vingts, par là —, il a les cheveux brun foncé, les yeux sombres, un joli sourire un peu de biais et des dents bien plantées.

— A t'entendre, on croirait un cheval, ai-je commenté en embrochant un morceau d'oignon à la pointe d'une frite.

— Bref, c'est un garçon du genre viril et il aime les animaux. Je pense qu'il a l'intention de devenir vétérinaire, plus tard. (Maman commençait à s'emballer sur son sujet.) Tiens, à la réflexion, c'est une idée : Melanie aussi pourrait avoir l'intention de devenir vétérinaire. Ce serait un merveilleux point commun : l'amour des animaux.

— Pourquoi faut-il toujours que les garçons, dans les livres, soient grands et bien faits de leur personne, tu peux m'expliquer ça ? ai-je demandé à Maman.

— Parce que les lectrices de romans, j'imagine, aiment bien que les héros soient des garçons beaux et bien faits, a rétorqué Maman.

— Ouais, eh bien ce n'est pas comme ça dans la vie, lui ai-je dit. Dans la vie, les garçons grands, beaux et virils, ça ne court pas vraiment les rues, je te prie de croire. Il y en avait un, l'an dernier, dans ma classe, en histoire — mais il avait un cheveu sur la langue. Il y a Alex Ritter, aussi, mais il est toujours en train de se donner un coup de peigne, tu parles !

— Mais que dirais-tu d'un livre dans lequel le héros ne serait pas beau ? a demandé Maman, tout en faisant risette à un goéland intrépide qui venait de se percher sur le dossier d'une chaise voisine. Crois-tu que tu le lirais jusqu'au bout, seulement, ce livre ?

— Je ne sais pas. C'est vrai que j'aime que les garçons soient beaux, dans les livres. Mais j'aimerais bien qu'il y en ait da-vantage de beaux, aussi, dans la vraie vie.

Nous avons continué un moment de discuter de ce fameux Jim du roman de Maman, mais je ne crois pas lui avoir été d'un grand secours. Nous ne nous sommes pas ennuyées, par contre. Nous

nous sommes baladées dans Sausalito et nous avons flâné chez un libraire. Je me suis acheté deux ou trois romans à la guimauve, et Maman s'en est trouvé un ou deux pour elle.

De retour à la maison, elle m'a avoué n'avoir plus de jambes, et elle est allée s'étendre un peu, histoire de reprendre des forces avant le retour de Papa. Moi je me suis faufilée sur la plate-forme avec l'un de mes romans de pacotille, *Cœur de glace*. Dans le pot du bégonia moribond, quelque chose de blanc dépassait.

*Il y a du nouveau* », disait le petit billet. *Peux-tu me retrouver devant l'aquarium, dimanche à quatorze heures ?*

J.

J'ai retourné le papier et griffonné en hâte :

*D'accord !*
R.

Et j'ai passé le restant de l'après-midi à lire *Cœur de glace*. Le héros du roman, bien sûr — que l'héroïne faisait souffrir — mesurait un bon mètre quatre-vingts, il avait les cheveux très sombres et adorait les animaux.

# Chapitre 8

Je suis arrivée devant l'aquarium à deux heures passées, mais Jason n'y était pas. Il y avait là l'assortiment habituel de familles en promenade du dimanche, ici des parents qui traînaient leurs enfants et plus loin des enfants qui traînaient leurs parents. J'ai calé ma bicyclette sur un côté de l'allée et je me suis assise sur une marche.

Jason avait écrit qu'il s'était produit « du nouveau ». Qu'avait-il pu se passer, depuis la veille ? Dire que je m'étais promis de réfléchir à l'affaire, et que je n'en avais rien fait ! Entre la soirée de vendredi avec Karen, la journée de samedi avec Maman et la lecture assidue de *Cœur de glace*, je n'en avais pas pris le temps. Si je n'avais pas eu ce rendez-vous avec Jason, j'aurais été à la maison en train de traînasser sans doute, le nez dans *Le Bonheur de Glenda*, à moins que ce ne soit dans *Tendre Espoir*.

Soudain, j'ai songé à Papa. Et s'il disparaissait sans prévenir, comme l'a-vait fait le père de Jason ? Et si à mon retour, par exemple, Maman m'annon-çait que Papa ne rentrerait pas à la maison ? J'ai senti mon estomac se serrer. Comment réagirais-je, moi, si Papa se volatilisait subitement ?

J'en étais là de mes réflexions quand un drôle de petit vieux est venu s'asseoir sur les marches, à moins d'un mètre de moi, et s'est mis à tousser d'une toux sèche. Tout doux, je me suis écartée de lui. Du calme, me suis-je dit sévèrement. Ton père n'est pas parti pour l'Europe, mais pour la pharmacie de Grandpa. Il va revenir. Il revient toujours. Un peu fatigué et grincheux, d'accord, mais quelle importance ? Demain, il rede-viendra le Papa de tous les jours, farceur et poète, et gourmand de pains à la banane.

Le petit vieux toussait de plus en plus fort. Il s'est encore rapproché de moi, et je me suis écartée une fois de plus. Pourquoi les gens qui attrapent des rhumes ne restent-ils pas chez eux, à la fin ? Au lieu de distribuer leurs microbes à droite et à gauche, généreusement ! Je lui ai décoché un regard noir et le malheureux m'a fait un petit sourire. Pauvre bougre ! A peine s'il avait des dents, c'était visible, et sa barbe était presque toute blanche. J'ai détourné le regard. Et d'abord, que faisait donc Jason ?

Mais il arrive que les pères disparaissent, je le savais, bel et bien. Pas toujours comme l'avait fait le père de Jason, mais de toutes sortes de façons. Le père de Melinda Mason avait quitté la maison, un jour, et c'était à peine si elle l'avait revu depuis. Des quantités de parents divorcent, aussi — et si l'envie en prenait aux miens ? Avec lequel des deux irions-nous vivre, Arthur et moi ? Peut-être prendraient-ils chacun le sien ? Oh, que c'était odieux d'y penser ! Je n'étais pas sûre de pouvoir y survivre. Et Jason qui n'arrivait pas !

Le petit vieux à côté de moi s'était mis à éternuer. Quelle idée, aussi, à son âge, de s'asseoir sur ces marches froides ! Il s'était encore rapproché, j'étais coincée contre la murette. Je n'osais pas trop le regarder, mais je l'ai vu, avec horreur, tirer de sa poche un petit drapeau américain et se mettre à éternuer dedans. Il était si près de moi que je voyais venir le moment où il déciderait de s'asseoir sur mes genoux.

C'en était trop. Je ne suis pas spécialement patriote — ce n'est pas moi qu'on verrait agiter un petit drapeau et tout ça — mais de là à éternuer dans l'emblème de la nation, non ! Et ce bonhomme m'avait tout l'air d'un citoyen peu recommandable, de toute façon.

J'ai rassemblé tout mon courage, et je lui ai sifflé entre les dents :
– Dites, monsieur... Ne faites pas ça, s'il vous plaît... Ou sinon...

Il s'était arrêté d'éternuer. Il a posé le drapeau sur ses genoux et m'a demandé avec un drôle d'accent, entre deux sourires édentés :
– Guoi ? Gu'est-ze gue z'est gui vous déblaît ?
– Vous le savez très bien, ce qui me déplaît !

Et j'ai sauté sur mes pieds.

— Don, de d'en va bas, addends ! s'est écrié le petit vieux, en m'empoignant par le bras.

Pour le coup, je me suis mise à crier.

— Laissez-moi ! Fichez-moi la paix, espèce de vieux... de vieux...

Là-dessus, il s'est mis à rire, à rire aigu, à rire si fort que ses deux ou trois dernières dents sont tombées, et que sa moustache et sa barbe ont glissé de côté.

— Ouaff, rugissait-il de rire, toi, au moins, ce que tu marches bien !

Jason. C'était Jason. Il a fini d'arracher sa fausse barbe et sa moustache, et il s'est planté devant moi, en riant de toutes ses vraies dents.

— Mais enfin Jason, qu'est-ce que... Qu'est-ce qui t'a pris ?

— Bof, quelque chose me disait vaguement que je ne te faisais pas très bonne impression. J'ai pensé qu'un peu d'humour...

— De l'humour ? Ah, il est raffiné, ton humour ! Prendre le drapeau américain pour mouchoir, te faire passer pour un petit vieux pas très ragoûtant, au risque de me donner un coup de sang — si c'est ça, ton sens de l'humour...

Mais lui n'en finissait pas de rire, et de se plier en deux, or que fait-on en pareil cas ? Ou bien on devient fou furieux, ou bien on se laisse contaminer — et c'est ce qui m'est arrivé.

Le plus gros de la crise passé, j'ai tenu à savoir.

— Mais d'où tiens-tu cette moustache et cette fausse barbe, cette perruque et ces fausses gencives à trois dents ?

— D'un club théâtre du collège, il y a deux ans. J'avais joué Rip Van Winkle. Je suis drôlement content d'avoir songé à emporter ça quand nous avons déménagé, un coup de génie ! Si tu avais pu voir ta tête, seulement !

Il en avait les joues rose vif, et les yeux luisants de larmes de rire. Il caressait sa perruque et sa barbe, secoué de derniers hoquets.

— En tout cas, ai-je dit en reprenant mon sérieux, c'est bon de te voir rire comme ça. J'imagine que les choses s'arrangent, autrement dit ?

Sa mine s'est allongée aussitôt.

– Non. Non, non. Pas vraiment.

Il a replié barbe et perruque et les a rangées avec soin dans sa musette. Puis il a essuyé ses fausses dents avec un mouchoir propre, et les a rangées aussi. Ni lui ni moi ne disions plus mot. Son petit matériel remballé, il a poussé un soupir, pêché quelque chose au fond de sa poche et me l'a tendu d'un bras raide.

– Tiens. Regarde. J'ai reçu ceci.

C'était une carte postale en couleurs en provenance de Genève, en Suisse. On y voyait un massif de fleurs autour de la statue d'un faon. Au dos étaient écrits ces mots :

*Cher Jason*
*Les rose marbré t'étonneraient. Les orange sont plutôt jolis, mais les rouges sont plutôt plats et ternes. Tu me manques, baisers, Papa.*

– J'ai pas mal réfléchi, a commencé Jason lentement.

Moi aussi, je réfléchissais ferme. Il y avait quelque chose de bizarre, dans ce message. Quelque chose qui semblait indiquer que, sous ce message pour la frime, il y avait un autre message, un message au sens caché.

– J'ai réfléchi, a repris Jason, et j'ai fini par conclure que peut-être tu avais raison.

– Ah ouais, pourquoi ?

J'avais beau tourner et retourner la carte dans tous les sens, elle ne me livrait pas son secret.

– A cause de ma mère, a poursuivi Jason. Elle avait l'air toute contente, cette fois, quand cette carte est arrivée. Il lui tardait de me la montrer. C'était tout le contraire de la dernière fois, tu sais, où elle était devenue furieuse et avait décidé de déménager. Cette fois, elle avait le sourire, et elle n'arrêtait pas de dire qu'elle était bien contente pour Papa, que ce devait être merveilleux pour lui de visiter Genève, et qu'elle était sûre qu'il en profitait bien. Au moins vingt fois elle a répété qu'il devait être heureux là-bas. Alors, j'ai commencé à me dire... Oui, peut-être bien que tu as raison, finalement. Peut-être bien qu'il travaille pour la CIA. Il doit y avoir un message codé, là-dessous, et c'est ça qui a rendu Maman si contente.

Une fois de plus, j'ai examiné le message inscrit au verso.

— Ce que je pense, continuait Jason, c'est qu'il lui dit qu'il est en sécurité.

— Comment ça ?

— Regarde bien ce qu'il écrit. Il dit que les rose et les rouge ne sont pas fameux. Et que les orange ne sont pas mal. D'accord ?

— D'accord.

— Et alors, ça ne te dit rien ?

— Rien de rien. Je pense qu'il s'agit des bégonias de la photo. Qu'est-ce que tu en déduis, toi ?

— Ben, les rose et les rouge, ça pourrait être les communistes, vu ? Pour ce qui est de l'orange — hein ? à ton avis ? C'est quoi, l'orange ?

— Aucune idée.

— L'orange, c'est la Hollande. Guillaume d'Orange, ça ne te dit rien ? Il venait de Hollande. Les orange, comme il dit, ce sont les Hollandais. Et c'est là où est mon père maintenant, sûrement. Il est en sécurité en Hollande. Et c'est ce qu'il explique à ma mère. J'imagine qu'à Paris il avait des ennemis à ses trousses, mais qu'il a réussi à les semer.

– Oui mais attends ! Il y a quelque chose qui ne va pas. Cette carte vient de Suisse. Et elle a été postée en Suisse. Regarde la flamme postale.

Il a chassé l'objection d'un claquement de langue.

– Pardi ! C'est pour brouiller les pistes. Tu penses bien que la CIA dispose d'un vaste réseau. Il aura fait expédier la carte par une de ses relations en Suisse.

J'ai continué d'examiner la carte.

– Bien sûr, reprenait Jason, ça n'a rien de réjouissant de se dire qu'il a une bande de tueurs après lui, mais c'est bien bon de se dire que pour le moment il est en sécurité. C'est toujours ça, tu comprends. Et je te remercie vraiment de m'avoir aidé à y voir clair là-dedans.

Mais moi j'examinais toujours cette carte.

– Je suis désolée, tu sais, lui ai-je dit, mais j'ai bien peur que ce ne soit pas la seule explication possible.

– Comment ça ?

– D'abord, je ne sais pas si tu as remarqué à qui cette carte est adressée ?

Je la lui ai tendue pour lui permettre

de vérifier. Il a regardé la carte, puis relevé les yeux vers moi.

– C'est à toi qu'elle est adressée, Jason. Comme la précédente, d'ailleurs, si je me souviens bien.

Il a vaguement cligné des yeux mais n'a rien dit.

– Autrement dit : ce n'est pas à ta mère qu'il écrit. C'est à toi. Il ne dit même pas un mot de ta mère, dans ses cartes. Elle aurait tout aussi bien pu ne pas les voir, si tu avais ramassé le courrier avant elle et n'avais pas voulu les lui montrer. Si bien qu'il est difficile de croire qu'il ait pu avoir l'intention de lui envoyer un message secret de cette façon.

Il a lentement hoché la tête.

– Et alors ? Qu'est-ce que tu en conclurais, toi ?

– Écoute, je n'en suis pas tout à fait sûre, mais... Dis-moi, ne se pourrait-il pas que tes parents se soient séparés ?

Mais il a vigoureusement secoué la tête en signe de dénégation.

– Alors là, non ! Sûrement pas. Impossible. Ils étaient très heureux ensemble, tous les deux. Ils étaient toujours d'accord, toujours. Sauf peut-être la fois où

Maman avait planté un prunus le long de la clôture du fond, alors que Papa aurait voulu y mettre un pommier à fleurs. Non, là, je t'assure, impossible. Et d'ailleurs, dis-moi un peu, pourquoi aurait-elle voulu déménager d'urgence ?

Le pauvre, n'ai-je pu me retenir de songer. Il refuse d'admettre pareille vilenie de la part de sa mère. Aussi ai-je tenté de lui expliquer la chose en douceur :
— Je ne sais pas, moi, peut-être pour qu'il ne puisse pas savoir où vous êtes ?
— Mais puisqu'il m'envoie des cartes !
— Tu as mal regardé, une fois de plus : il les envoie à votre ancienne adresse. Et elles ne sont pas ré-expédiées de là-bas, en plus. Je te parie que chaque fois que ta mère disparaît pour ces fameux petits voyages mystères, c'est là-bas qu'elle va. Pour chercher le courrier. Peut-être que lui, de son côté, il est parti en Europe pour essayer d'y voir clair, mais quand il rentrera de là-bas il ne saura plus où te trouver. Peut-être qu'après sa première carte, ta mère a compris que c'était bien fini, qu'il ne reviendrait plus vers elle. Ce

qui expliquerait sa contrariété et le déménagement brusqué. Mais elle ne veut pas éveiller tes soupçons, et je parie qu'elle continuera de te faire parvenir les cartes qu'il t'envoie — mais ce n'est pas pour autant qu'il saura, lui, où tu es.

Les grands yeux sombres de Jason s'étaient embués de larmes. Je l'ai empoigné par le bras.
— Bon, ne restons pas piqués comme ça. Viens, faisons quelque chose, je ne sais pas quoi mais quelque chose, ça te changera les idées. Plus tard, si tu veux, le premier choc passé, nous rediscuterons de cette hypothèse.
— Mais je m'étais bien fait à l'idée qu'il travaillait peut-être pour la CIA, a protesté Jason.
— Tu t'habitueras à celle-ci aussi, tu verras. Tu n'as pas idée des situations auxquelles on est capable de se faire, avec le temps. Donny Kaplan, par exemple, qui est avec moi en sciences nat, a bien fini par se faire à l'idée que sa sœur était sa mère, finalement.
— Quoi ? Que sa sœur était sa mère ? Écoute, je n'y suis plus du tout.

– Oh, c'est simple. Il croyait que ses grands-parents étaient ses parents, et qu'il avait une sœur qui avait seize ans de plus que lui, mais en réalité, c'était sa mère, qui l'avait eu à seize ans — le père s'était volatilisé, comme toujours dans ces cas-là.

Jason a eu tellement de peine à y voir clair dans cette histoire, et à démêler qui était qui dans la famille de Donny Kaplan, que pendant près de cinq minutes il n'a plus du tout songé à sa propre famille. Et quand est venu le moment de passer à autre chose, comme je ne tenais pas à le voir s'effondrer de nouveau, je lui ai dit, l'air inspiré :
– Tu ne sais pas ? J'ai une idée.
– Dis toujours.
– Si je t'apprenais à faire du vélo ?
– Tu es gentille, mais non merci. C'est une des choses dont j'ai décidé que je ne ferai jamais ; ça, et monter sur des skis. J'ai une sainte terreur de prendre des bûches alors, merci bien, pas pour moi.
– Ce n'est pas que tu comptes rester toute ta vie comme ça ? ai-je plaidé. Surtout en Californie. Tu sais bien qu'en

Californie, tout le monde fait du vélo ou chausse des skis.

— Eh bien, pas moi.

— Ah ouais ? Alors, qu'est-ce que tu fais d'autre, hormis chasser les lapins à coups de pied ?

Il n'a pas répondu.

— De la natation, peut-être ?

— Non.

— Du jogging ?

— Non.

— Du tennis ?

— Non.

Je me suis mise debout et je l'ai tiré par le bras.

— Allez, viens. Qu'on fasse de toi un Américain.


Il a commencé par se débattre, mais pas assez pour me décourager. Je l'ai entraîné jusqu'à l'allée Kennedy, pour passer à la leçon 1.

— Tu as de la chance, on est dimanche. Et le dimanche, sur cette section, il n'y a pas de véhicules à moteur. Allez, en selle, et tiens-moi ce guidon. Là, comme ça.

— Ne me lâche pas.

— Mais non, bien sûr que je ne vais pas te

lâcher. Maintenant, pose tes pieds sur les pédales et appuie.

– Je ne joins pas les pédales.

– Ah, c'est parce que je suis un peu plus grande que toi. (Je fais bien dans les dix à quinze centimètres de plus que lui, mais je n'allais pas insister là-dessus, ce n'é-

tait pas le moment.) Étire tes jambes, ça va aller. Allez, sois gentil, essaye.

– Promets-moi de ne pas me lâcher.

– Bon d'accord, c'est promis.

En matière de leçon de vélo, Jason n'était pas mon premier élève. D'abord, j'ai aidé Papa à apprendre à Arthur, quand il avait cinq ans. Et surtout, il y a trois ans, c'est moi qui ai appris à Karen, moi toute seule, à se tenir sur une bicyclette. Mais Jason, décidément, semblait un cas désespéré. Il se crispait sur ce guidon au point de ne pas pouvoir l'orienter, et il ne cessait pas de verser d'un côté ou de l'autre. Sans compter que, toutes les dix secondes, il jetait un coup d'œil par-dessus son épaule pour vérifier si je le tenais toujours. Quel ballot, tout de même, quand on y pensait ! S'il n'avait pas eu tous ces problèmes familiaux, je crois que je l'aurais laissé tomber.

Après une bonne petite heure sans l'ombre d'un soupçon de commencement de progrès, j'ai décidé que la leçon 1 était terminée.

– J'ai soif, avec tout ça, a déclaré Jason.

– Moi aussi, ai-je dit en m'essuyant le front.

– C'est vraiment très gentil à toi de prendre toute cette peine pour moi, a continué Jason, comme s'il récitait une phrase tout droit sortie d'un manuel de savoir-vivre. Je serais ravi de t'offrir quelque chose à boire. Qu'est-ce qui te ferait envie, dis-moi ?

– On pourrait aller prendre un thé au Jardin japonais, qu'en penses-tu ? L'entrée coûte vingt-cinq cents pour les moins de seize ans, mais ensuite le thé est presque pour rien et puis c'est amusant. Et il y a un tas de jolies plantes, tu t'y plairas.

– Allons-y ! C'est ma tournée.

– Non, ce n'est pas ta tournée ! Je n'aime pas du tout cette formule, le garçon qui paye et tout ça. Je peux payer pour moi.

– Mais ça n'a rien à voir avec le fait que je sois un garçon et toi une fille. Je veux simplement te remercier, et puis tu l'as bien mérité, à me pousser comme tu l'as fait.

– C'est moi qui te l'avais proposé.

– Non, non, ça ne fait rien, j'insiste, c'est moi qui paye.

Nous nous sommes dirigés vers le Jardin japonais, et nous discutions encore de ce point délicat lorsque j'ai attaché mon vélo dans le petit hangar à vélos. Pour finir, Jason avait l'air de tenir si fort à me payer mon thé que j'ai rendu les armes. Il a enfoncé la main dans sa poche, et farfouillé longuement sous la toile.

— Un petit problème, a-t-il avoué finalement, avec un sourire un peu crispé.

— Attends, je devine. Tu n'as pas d'argent.

— Si, mais je n'ai que trente cents, alors si tu pouvais me prêter... voyons...

— N'oublie pas qu'il faut aussi laisser un petit pourboire.

— Ah, c'est vrai, j'oubliais le pourboire. Heureusement que tu me le rappelles. Alors, voyons...

— Et comment comptes-tu rentrer chez toi ?

— Très juste, très juste. Il faut que je prévoie mon ticket de bus. Hmm. Disons qu'il faudrait que tu me prêtes... un dollar et demi, mettons, pour arrondir. C'est plus facile, pour s'en souvenir.

— Et tu me dois déjà quarante cents.

– Je sais, je voulais te les apporter mais j'ai oublié.

– Tu avais dit que tu les mettrais dans le pot de bégonia.

– C'est ce que je ferai, je te le promets. Je le jure. Ils y seront dès ce soir.

– D'accord. Donc, avec le dollar cinquante, tu me devras un dollar quatre-vingt-dix.

– Si tu me prêtais plutôt un dollar soixante ? Comme ça je te devrai deux dollars, ça fera un compte rond.

A mon tour de plonger dans ma poche.

– Devine ? lui ai-je dit bientôt, en réprimant un rire nerveux.

– Je sais. Tu n'as pas d'argent non plus.

J'ai détaché mon vélo, et nous sommes allés à pied à la fontaine d'eau potable, derrière le kiosque à musique. Nous avons bu chacun à notre tour, et j'avais l'impression que jamais nous ne serions désaltérés. Enfin nous nous sommes assis dans l'herbe, et Jason m'a posé toutes sortes de questions — sur ma famille, mes amis, ce que j'aime et ce que je n'aime pas. Il a même écouté les réponses.

– Tu ne vas jamais nulle part sans prendre cette bicyclette ? m'a-t-il demandé, pour finir, comme nous reprenions à pied le chemin de notre immeuble.

– Bien sûr que si.

– Si tu la laissais au garage, la prochaine fois ?

– Quelle prochaine fois ?

– Demain après-midi, après la classe. Pour aller prendre un thé au Jardin japonais.

– Demain après-midi, impossible. C'est mon jour de lessive.

– Trop bête, a dit Jason. Et mardi, pas sûr que je puisse. Le plus simple sera encore que je te laisse un petit mot dans le bégonia.

– Et n'oublie pas mes quarante cents.

Il a ouvert tout grand ses yeux sombres.

– Ne t'en fais pas. Tu peux compter sur moi.

# Chapitre 9

Le lendemain, je n'ai pas vu Jason, mais je suis tombée sur sa mère — et quand je dis tombée dessus, je n'exagère rien. Elle sortait de l'ascenseur, un énorme paquet dans chaque bras, et moi je descendais avec le linge à laver. Elle fonçait de bon cœur et, dans la collision, l'un de ses paquets s'est éventré.

Peut-être est-il exact que j'aurais dû regarder où j'allais, comme elle me l'a fait observer d'une voie aigre et pointue, tandis que je l'aidais à rattraper ses trois boîtes de sardines à l'huile d'olive (sans arêtes et sans peau), son paquet de petits pains (au blé complet sans conserva-

teurs), sa tête de laitue (un peu chif-
fonnée), ses deux oignons des Bermudes
(d'après elle, il devait y en avoir trois,
mais rien à faire pour mettre la main sur
le troisième), et son paquet de poudre à
laver (encore cette marque infâme dont
Jason avait réussi à renverser les trois
quarts la semaine d'avant). Peut-être,
dis-je, la moitié des torts étaient-ils bel et
bien de mon côté, mais pour sa part elle
aurait pu faire un peu attention elle
aussi, et au moins me remercier d'avoir
tout ramassé.

Mais pensez-vous ! Elle m'a gratifié
d'un petit coup de tête, en concluant une
dernière fois :
— Et un autre jour, regarde un peu où tu
vas !


« Quel contraste avec Jason ! » Je me
suis fait la remarque tout en triant les
chaussettes. Brune de chevelure et de
teint, le menton aigu, un cou de tortue...
Tout à fait le genre de bonne femme
qu'on verrait enlever un enfant, le sous-
traire à son père et s'en faire un esclave.
Au fait, nous n'avions jamais vraiment
discuté d'elle, Jason et moi, ai-je conclu

tout en repliant les manches du sweat-shirt d'Arthur, aux armes des San Francisco Giants, et en tapotant le tout pour lui donner une forme convenable. Non, pas plus que nous n'avions envisagé de contacter son père, après avoir trouvé où il était en réalité. Je ne voulais pas alarmer Jason — hier, il avait paru heureux un moment, et c'était vraiment bon à voir — mais tout de même, ai-je décidé en défroissant d'un claquement sec un soutien-gorge de ma mère, il allait falloir nous atteler à ce problème, et tâcher d'imaginer un plan...

— Pas de problème, a déclaré mon père ce soir-là, tout en distribuant à la ronde son curry d'aubergines et de concombres. Ces nouveaux voisins, je sens qu'ils vont me plaire.
— Ah bon ? s'est étonnée ma mère. Mais c'est à peine si nous les avons aperçus, jusqu'ici !
— Justement, a dit Papa. Cette dame à l'air d'une voisine parfaite.
— Je ne savais pas que tu lui avais parlé.
— Je n'ai jamais échangé deux mots avec elle. J'ai dû la croiser deux fois, et chaque

fois elle a détourné les yeux. Moi qui osais à peine mettre le bout du nez dehors, du temps des Henderson, tant j'avais la hantise de me voir harponner et d'être obligé de faire un brin de causette, au moins je suis soulagé ! Les Henderson, j'avais l'impression qu'ils étaient embusqués là, derrière la porte, pour faire la conversation. Alors que cette dame m'a tout l'air d'une personne charmante, discrète, laconique et très réservée.

— Moi, je lui trouve un air de peau de vache, n'ai-je pu me retenir de déclarer.

— Rebecca s'entend bien avec son fils, a ajouté Maman d'un ton neutre.

— Lui aussi a l'air très bien, a commenté Papa en faisant passer le plat d'œufs durs — chauds.

— J'ai horreur des œufs durs quand ils sont chauds, a décrété Arthur.

— Moi non plus, je ne les aime pas trop, a reconnu Papa, j'aurais dû les faire il y a une heure, mais j'ai complètement oublié.

— Tu pourrais l'inviter ici, un de ces jours, m'a dit Maman de la même voix incolore.

— Qui ? Le fils de la voisine ? a dit Papa.

Lui non plus, je ne l'ai jamais entendu dire un mot, je ne connais pas le son de sa voix. J'avais peur de l'entendre jouer du piano nuit et jour, mais non, c'est le silence complet.

— Peut-être est-ce sa mère qui joue du piano, a fait observer Arthur.

— Peut-être, mais je ne l'entends pas davantage. Ce sont vraiment des gens merveilleux, des voisins tout à fait exceptionnels.

— Qu'est-ce qui te fait dire qu'elle a l'air... qu'elle a l'air mauvais ? a voulu savoir Maman.

Elle s'efforçait au détachement, mais je connaissais ce regard et ce timbre de voix. Il s'agissait d'y aller prudemment.

— Oh, ben, euh, boff... sais pas... je trouve qu'elle est... qu'elle n'est pas... très amicale.

— Est-ce que Jason — c'est bien Jason, n'est-ce pas ? — t'a parlé d'elle d'une manière ou d'une autre ? T'en a-t-il dit quelque chose de...

— Non, ai-je coupé très vite, ravie de pouvoir dire — en gros — la vérité. Non non. Papa, ton curry d'aubergines est exquis. J'en reprendrais bien un petit peu.

J'ai évité de mon mieux le regard maternel, et la conversation, tout le restant du repas, s'est nourrie des multiples raisons qu'avait Arthur d'abominer les œufs durs chauds, raisons auxquelles mon père a ajouté les siennes. C'était particulièrement instructif, et ni l'un ni l'autre n'a mangé un seul œuf, dans l'affaire.

Plus tard, je suis allée voir du côté du pot de bégonia, un petit billet m'y attendait.

*Suis coincé à la maison demain (pour attendre les gars du téléphone). Rendez-vous sur la plate-forme à seize heures, d'accord ? Maman sera sortie.*

*J.*

J'ai griffonné : « Entendu. R. » et j'ai replacé le bout de papier.

Le lendemain après-midi, mes parents étaient tous deux à la maison, comme presque toujours le mardi. Attablés à la cuisine, ils sirotaient du café tout en discutant un peu fort. Le mardi est le meilleur jour pour les scènes, chez nous,

174

d'ordinaire. Les week-ends sont exclus, parce que mon père travaille, et le lundi, en règle générale, il se repose. (Du mercredi au vendredi, c'est de la scène du mardi qu'il récupère.)

— Écoute, là, c'est bien de ta faute, disait Papa. C'est toi qui as dit que tu voulais visiter la Vallée de la Mort durant les vacances de Noël. Moi je t'ai toujours dit que je préférais rester à la maison.

— Oh, alors là ! a riposté Maman, dont les yeux lançaient des éclairs. J'aimerais bien savoir qui répétait qu'il en avait jusque-là de la ville, jusque-là du bruit et de l'air pollué ! Je me demande bien qui citait Thoreau à tout bout de champ !

— Voilà, voilà ! disait Papa en serrant les dents. Voilà comment on interprète de travers tout ce que je dis ! Je n'ai jamais prétendu que je voulais visiter la Vallée de la Mort ! Qu'est-ce que j'irais faire, moi, là-bas ? La Vallée de la Mort, qui s'en soucie ?

— Ha ! a ricané Maman. Tu peux parler ! Pas plus tard que le mois dernier, tu as écrit trois poèmes — parfaitement, trois, et pas de tes meilleurs, non plus, mais je n'ai rien dit, comme toujours — trois poèmes sur la vie cachée de la Vallée de la Mort. Et même que tu m'as dit que tu avais besoin d'aller faire un tour dans un désert parce que...

— Jamais de la vie !

— Avisse à la population ! ai-je coupé sur un ton jovial. Navrée de vous interrompre, mais je tiens à vous prévenir que je viens de rentrer, que j'ai plein de devoirs à faire (grosse interro écrite demain) et que je sors sur la plate-forme pour le restant de l'après-midi. Prière de ne pas déranger, merci !

— Parfait, parfait, a dit Maman en me chassant d'un geste charmant.

Papa m'a fait un grand sourire, et tous deux ont repris les hostilités. Je me suis pris un bon petit stock de biscuits secs fabrication Grandma (des petites galettes au chocolat), et j'ai mis le cap sur ma plate-forme. Il n'était encore que quatre heures moins le quart, et j'ai eu le temps d'entamer largement mes provisions avant l'arrivée de Jason.

— Dommage qu'on n'ait pas pu aller prendre un thé au Jardin japonais, aujourd'hui, a-t-il déclaré en guise d'entrée en matière, quand il est arrivé enfin. Mais il faut que j'attende l'installateur du téléphone.

— Comment ça ? Vous n'avez pas encore le téléphone ? Voilà déjà plus de quinze jours que vous êtes là ; ça va beaucoup plus vite que ça, d'habitude.

— Si, en fait, on l'a déjà. Seulement Maman veut un deuxième poste. Dans sa chambre.

— Tiens, pourquoi ? Ce n'est pas si grand que ça, chez vous.

Jason a haussé les épaules.

— Comment veux-tu que je le sache ?

Je m'apprêtais à creuser la question — quelle drôle d'idée, de la part de sa mère, que d'avoir envie d'un téléphone dans sa chambre — quand il a remarqué mon pochon de biscuits.

— Qu'est-ce que c'est ?

— Des galettes au chocolat, une spécialité de ma grand-mère. Tiens, tu en veux ?

— Ma foi oui, a dit Jason. Mais tu ne sais pas ? Si nous allions chez moi, je prendrais bien du lait, avec — pas toi ?

— Tu es sûr que je peux ? Je veux dire, et ta mère ?

– Elle ne sera pas de retour avant cinq heures passées.

– Sûr et certain ?

– Oh oui, a-t-il soupiré, la mine sombre. Elle va voir un psychiatre, maintenant. Tous les mardis après-midi de quatre à cinq.

Je ne me suis pas fait prier. Pouvoir enfin jeter un coup d'œil sur l'appartement de Jason, ce n'était pas de refus.


– Attention aux plantes, m'a-t-il prévenu comme j'enjambais le rebord de la fenêtre.

Que c'est étrange de pénétrer dans des lieux jadis familiers, et qui ont changé du tout au tout ! Du temps des Henderson, la pièce où nous nous trouvions était la chambre de Peter. Il avait beau avoir près de vingt ans, sa chambre lui en donnait toujours six. Des maquettes d'avions pendues au plafond aux écussons de football accrochés au mur, en passant par les étagères débordant de ballons, de véhicules divers, tout rappelait encore le petit garçon qu'il avait été. Les murs, je m'en souvenais encore, avaient été peints en bleu, le tapis était bleu aussi, et le dessus-de-lit bleu, blanc, rouge, tout comme les doubles rideaux aux fenêtres.

Maintenant la pièce était peinte en blanc, le sol et les fenêtres étaient nus, et il n'y avait pas un seul meuble hormis deux longues tablettes étroites qui disparaissaient presque entièrement sous des dizaines de pots de fleurs. C'était une marée de saintpaulias, de saintpaulias de toutes les couleurs — ou du moins de toutes les couleurs qui peuvent exister chez les saintpaulias, c'est-à-dire des roses et des blancs, mais surtout toute la gamme des violets et des mauves, en passant par les parme et les pourpre, du presque bleu au magenta pur. Je n'aurais jamais cru qu'il pût en exister autant.

– Ben dis donc ! C'est dingue, ai-je soufflé à Jason, ébahie. Je n'avais jamais vu autant de saintpaulias d'un coup, pas même chez un fleuriste ! Et en plus, ils sont tous en fleur !

– Oh, a-t-il laissé tomber, blasé, si tu avais pu voir ceux que nous avions à Santa Monica !

– Mais quand même, rends-toi compte — et en plus ils sont beaux, et tous en pleine santé. Il n'y en a donc jamais un de malade ? Il n'y en a jamais un qui meurt ?

– Nous en avons perdu quelques-uns, avec le déménagement, mais Maman avait fait des boutures, alors ce n'était pas bien grave. Viens, que je te montre le reste de la maison.

Nous avons fait le tour du propriétaire, et je dois dire que j'ai été surprise. Je devais m'attendre vaguement à une atmosphère de prison, à un appartement austère et renfrogné, mais non, c'était meublé de manière chaleureuse et ouverte. Les fauteuils du séjour, jaune d'or et orangé, avaient quelque chose d'ensoleillé, des peintures pleines d'optimisme éclairaient les murs, des tapis persans réchauffaient le sol. Il y avait bien sûr des plantes partout, suspendues ici, nichées là, mais il restait tout de même un peu de place pour les occupants du lieu.

Ni maquettes d'avions ni écussons de football n'ornaient la chambre de Jason, et pourtant, hormis les plantes vertes, tout clamait que la pièce était une chambre d'adolescent : des papiers et des illustrés traînaient un peu partout, et le sol était jonché de vêtements en petits tas, de chaussures et de livres.

— Je n'aurais jamais cru que ta mère était du genre à te permettre de laisser ta chambre dans cet état, ai-je étourdiment commenté.

Jason a pris l'air vaguement offensé.

— Oh, elle n'est pas casse-pieds, tu sais. Elle a toujours respecté mes affaires, sans y fourrer tout le temps son nez. C'est peut-être vrai qu'en ce moment, il y a quelque chose qui la tourmente, et qu'elle n'est pas tout à fait elle-même, mais je t'assure, tu la juges mal, on voit que tu ne la connais pas.

Je l'ai suivi dans la cuisine — de grandes belles plantes florissantes dégringolaient du plafond en paniers suspendus, et des plats mexicains aux couleurs éclatantes se répondaient d'un mur à l'autre. Nous nous sommes assis à la table de bois et Jason nous a versé à chacun un grand verre de lait.

— Tu m'avoueras que tu avais vraiment l'air d'avoir peur d'elle, la première fois que je t'ai rencontré, dans la buanderie du sous-sol. Et pourquoi diable a-t-elle besoin d'un téléphone rien que pour elle ? Elle essaie de te cacher quelque chose, c'est clair, mais quoi ?

Jason m'a regardée avec une expression indéfinissable.

– Il faut que je te dise quelque chose, Rebecca.

– Une chose est sûre : elle ne veut pas que tu saches où est ton père. Pas plus qu'elle ne veut qu'il sache où tu es, toi.

– Ah, je ne sais pas trop comment t'expliquer ça, a repris Jason, embarrassé. Tu as été tellement gentille pour moi — et tellement perspicace, aussi. Tout ce que tu as été capable de déduire de cette situation embrouillée ! C'est quelque chose que j'admire, je l'avoue.

– Oh, ce n'est rien, tu sais, rien du tout. Tout ce que je voudrais, c'est réussir à te faire retrouver ton père. Il faut absolument qu'il sache où tu es. Elle n'a pas le droit de vous tenir éloignés l'un de l'autre. Mais ne t'en fais pas. Nous trouverons bien un moyen.

Jason a allongé le bras et m'a tapoté la main.

– Il ne faut pas m'en vouloir, tu sais,

mais laisse-moi te dire : ils ne sont pas séparés. Je suis désolé d'avoir l'air d'insinuer que tu t'es trompée, mais je t'assure, je n'ai jamais eu peur de ma mère — jamais de ma vie. Que j'aie baissé la tête sous l'orage, d'accord. C'est bien normal, je parie que tu en fais autant. Et c'est vrai que j'ai été — que je suis encore — tout chamboulé parce que je sens bien qu'il y a quelque chose qui cloche, quelque chose de grave, mais je te jure, c'est une très chouette maman, et je peux te garantir que mon père et elle ne sont sûrement pas en train de divorcer.

Il me regardait d'un air inquiet, comme si c'était moi qui avais besoin de réconfort.

– Mais qu'en sais-tu ? Le lui as-tu demandé ?
– Oh, pas la peine, va, m'a-t-il assuré.
– Tu en es sûr ?
– Ne sois pas trop déçue, je t'en supplie. Je savais que tu aurais du mal à l'admettre, et que tu risquerais de penser que je me moque de ton opinion.
– Mais je te demande simplement de m'expliquer ce qui te permet d'être si sûr

183

de toi. Qu'est-ce qui te fait dire qu'il n'est pas question de divorce ?

– Le piano, a dit Jason.

– Le piano ?

– Oui. J'y ai pensé tout d'un coup, dimanche soir, en arrivant à la maison, juste après t'avoir quittée. Tu comprends, si vraiment ils se séparaient, jamais Maman n'aurait pris le piano.

– Et pourquoi ?

– Tout simplement, a expliqué Jason, patient, tout simplement parce que c'est lui qui en joue — et pas Maman ni moi. Elle a vendu ou donné tout ce dont elle disait que nous n'aurions plus besoin. Tu comprends bien que s'il ne devait pas revenir, elle se serait débarrassée du piano.

C'était d'une logique imparable.

– Je vois. En effet, ça m'a l'air évident.

Il poussa un soupir de soulagement.

– Je suis drôlement content que tu le prennes si bien, a-t-il conclu.

– Pourquoi ? Parce que tu t'imaginais que j'allais entrer dans une fureur noire, pour la simple raison que tu me contredis ? Alors là, permets-moi de te le dire, mais toi aussi tu m'as mal jugée. Je

184

ne suis pas égocentrique au point de ne pas accepter de faire une petite erreur de temps à autre. Je suis ravie de savoir que tes parents ne sont pas en train de divorcer. Et ravie aussi de savoir que ta mère n'est pas si féroce avec toi, mais alors, cela veut dire...

— Je sais, a dit Jason tout triste. Ou plutôt : je ne sais pas.

— Il se pourrait bien qu'il travaille tout de même pour la CIA, finalement, ai-je suggéré, en m'efforçant d'y mettre de la conviction.

Mais Jason a fait non de la tête.

— A éliminer, a-t-il dit. Dommage, c'était assez excitant, d'y croire.

A mon tour, je lui ai tapoté le bras.

— Allez, va, ne t'en fais pas. Nous trouverons le fin mot de l'affaire.

— Je l'espère, a-t-il dit.

Il a levé les yeux vers moi, et son visage s'est éclairé d'un sourire.

— Dis donc, qu'est-ce que tu peux avoir, comme taches de rousseur !

— Je sais.

— Je n'en avais jamais vu autant. Amusant. Je me demande combien tu peux en avoir. Des milliers, j'imagine.

– Écoute. Je suis au courant. Tu ne voudrais pas changer de sujet, s'il te plaît ? Que penses-tu des goélands, par exemple ?

– Je parie que s'il y avait un concours de taches de rousseur, tu l'emporterais haut la main.

– Change de disque, je t'ai dit. Trop, c'est trop.

– Mais je trouve ça joli, moi ! Avec ta peau douce et tes joues roses, tu sais à quoi tu ressembles ? Au cœur d'une fleur de nomocharis.

– De quoi ?

– De nomocharis. C'est un genre de lis — joliment rare, et drôlement beau, mais drôlement dur à cultiver, aussi. On ne le trouve à l'état sauvage que dans les hautes montagnes d'Asie, en altitude, aux confins de la Chine, de la Birmanie et du Tibet. Du côté des crêtes où prennent leur source et se partagent les eaux de l'Irrawady, du Salouen, du Mékong et du Yangtsé...

Et là, tout à coup, je me suis aperçue que j'entendais mon sang battre à mes tempes. Jamais, au grand jamais, personne ne m'avait dit que je ressemblais à quelque chose, et surtout pas au cœur d'une fleur.

Sur la fleur de nomocharis, Jason était intarissable, mais j'avoue que je ne l'écoutais plus tellement.

Je faisais semblant, c'est tout.

Mon regard s'attardait malgré moi sur son visage clair et lisse, sur ses grands yeux sombres un peu tristes, et je ne pensais plus à rien. J'étais là, dans sa cuisine, à le regarder fixement comme pour m'imprégner de son image, et je l'écoutais (sans l'entendre) me parler du nomocharis.

Mais soudain me sont parvenus d'autres sons, que je ne pouvais guère ignorer, ceux-là : un bruit de chute, un hurlement strident...

— Misère ! s'est écrié Jason. Qu'est-ce que c'est ?

Cela venait du dehors — de la plate-forme de secours.

Deux voix s'égosillaient à l'unisson : « ...bec-ca ! Re-bec-ca ! Re-bec-ca ! »

— C'est pour moi ! On m'appelle.

Je me suis ruée dans la pièce aux saintpaulias, j'ai ouvert la fenêtre à la volée. Maman rampait le long de ma plate-forme (elle est sujette au vertige) et la voix de Papa me parvenait du toit : « Re-bec-ca ! »

— Hé, qu'est-ce qui se passe ? ai-je demandé bien fort.

– Oh, tu es là ! Le ciel soit loué ! Tu es là ! s'est écriée Maman, manifestement soulagée.

Mais Papa, du haut du toit, s'époumonait toujours : « Ree-beeec-caaaa ! »
– Tout va bien, Michael ! lui a crié Maman. Elle est ici, saine et sauve ! Tout va bien !
– Mais bien sûr, que tout va bien. Que diable croyiez-vous donc qu'il m'était arrivé ?
– Je n'en avais aucune idée, a dit Maman d'une voix étranglée. On t'a demandée au téléphone, et quand je suis venue te chercher, rien, tu n'étais plus là. Papa a pensé que peut-être tu étais grimpée sur le toit, mais non, il n'y avait personne. Et un de ces imbéciles de pots de fleurs est tombé de la plate-forme — et je n'osais pas regarder en bas. Oh, ma chérie, ma chérie, où étais-tu ? Qu'est-il arrivé ?

Papa descendait comme un singe l'échelle de fer qui mène au toit.
– Rebecca ? Qu'est-il arrivé ?
Jason était à côté de moi, à la fenêtre. Nous émergions d'un océan de saintpaulias — les roses à ma droite, les blancs à

la gauche de Jason, et partout ailleurs les violets, les mauves, les pourpres.

– Euh... Maman, Papa, ai-je bredouillé, je vous présente Jason Furst.

# Chapitre 10

Le pot qui avait chu de la plate-forme (à un moment où, par bonheur, nul ne passait dans l'allée) était celui du bégonia boîte aux lettres, à l'agonie depuis longtemps. Jason est descendu examiner les restes.

– Pas trop de regrets à avoir, m'a-t-il informé à son retour. Le malheureux avait déjà rendu l'âme, de toute façon ; le tubercule était noir à l'intérieur, puisse-t-il reposer en paix. Et pendant que nous y sommes, tu sais, je pense que ce serait une bonne idée de célébrer les funérailles de tous ceux qui sont ici dans le même cas désespéré.

Il a eu tôt fait de vérifier dans les pots que chacun des patients de ma mère avait passé le point de non-retour, et il a tout évacué de ma plate-forme.

— Je ne sais pas si c'était une si bonne idée, lui ai-je avoué, le travail terminé. Je trouve que ça fait un vide, maintenant. Je m'y étais habituée, je pense.

Il a eu un haussement d'épaules.

— En plus, je l'aimais bien, moi, notre boîte aux lettres secrète dans le pot de bégonia.

— Oui, mais c'était seulement parce que je ne voulais pas que ma mère se doute que nous étions amis. Elle avait l'air de... de t'avoir mal jugée, elle aussi. Mais je suis sûr qu'elle va changer d'avis sitôt qu'elle va te connaître un peu mieux.

— J'en suis moins sûre. Surtout si elle découvre la mauvaise opinion que je m'étais faite d'elle.

— Elle ne s'en doutera pas, va. (Il a regardé sa montre.) Écoute, elle ne devrait pas tarder à rentrer, j'ai bien envie de faire les présentations dès aujourd'hui.

Nous étions de retour sur la plate-forme de secours. Je lui trouvais un petit air nu et désolé, sans ses pots de fleurs.

— Tu sais, Jason, il y avait une autre raison, pour moi, de déposer des messages dans le bégonia. Plutôt que de téléphoner, par exemple.

— Ah ? Laquelle ?

— Ce qu'il y a, tu vois, c'est que ma mère écrit des livres — je te l'ai déjà dit, je crois. Mais ce que je ne t'ai pas dit, c'est qu'elle se débrouille toujours pour parler de moi, dans ses livres.

— Dis, c'est chouette, ça, non ? Tu crois qu'elle aurait l'idée de parler de moi, aussi ?

— Oui, justement, et c'est bien là le problème. Imagine-toi que quand elle le fait elle ne te demande pas ton avis. Moi, à cause de ça, je ne peux avoir aucun secret, aucune intimité, parce qu'elle se débrouille toujours pour glisser dans ses textes tout ce que je dis et tout ce que je fais.

Il me regardait, perplexe.

— Et c'est pour ça que je ne dis pratiquement rien au téléphone, parce qu'elle est toujours capable de glaner quelque chose.

– Mais ça t'arrive souvent de dire des choses dont tu ne voudrais absolument pas qu'elle les répète ?

– Ce n'est pas tellement ça, tu ne comprends pas. Le problème, c'est qu'elle s'empare d'à peu près tout ce que je fais, et qu'elle l'enjolive, qu'elle le raconte en bien plus beau, plus palpitant que dans ma vraie vie.

– Tu pourrais me donner un exemple ?

– Par exemple, prends ce que deviennent les héroïnes de ses romans. Elles font toutes des choses extraordinaires, deviennent des ballerines célèbres, ont de merveilleuses boîtes à poupées — tu vois le genre. Alors que moi, bien sûr, il ne m'arrive jamais rien.

– Qu'est-ce qu'elle est en train d'écrire, en ce moment, comme genre de roman ?

J'ai senti mes oreilles s'enflammer. Il me regardait droit dans les yeux, plein d'innocence. Comment aller lui expliquer qu'elle travaillait sur un roman d'amour ? Que savait-il des romans d'amour, ce Jason Furst si ferré sur les bégonias tubéreux ? Il avait passé tant de temps penché sur ses plantules et ses pots qu'il ne savait peut-être même pas la différence entre une fille et un garçon. Une fois de plus, c'était bien ma chance. Dans tous les romans que j'avais lus, les garçons en savaient toujours bien plus long — et sur tout — que les filles. Pourquoi fallait-il que le ciel m'envoie pour voisin de palier cet espèce d'a-vorton qui pleurait comme une sensitive et ne savait pas se tenir sur un vélo ?

Pourquoi ? Peut-être pour me per-mettre de m'entendre dire, sérieusement, que mon visage ressemblait au cœur d'une fleur de nomocharis. Voilà pour-quoi. Et pourquoi pas ? Et moi, à cause de cette simple phrase, j'étais prête à changer d'avis sur le charme des petits lapins. Quel pouvoir ont les mots, tout de même !

– Dis, tu ne m'as pas répondu ? A quoi travaille-t-elle, en ce moment ?

– Attends, chut ! ai-je coupé court. Ce n'est pas ta mère, que j'entends ?

Je n'entendais rien du tout, mais la conversation a dérivé, et près d'un quart d'heure après sa tête brune a bel et bien surgi à la fenêtre. Jason a pro-cédé au cérémonial des présentations.

Mme Furst n'a pas paru particulièrement enthousiaste, mais elle s'est
montrée courtoise.

Maman a été beaucoup plus volubile.
Dans son esprit, apparemment, Jason
m'avait plus ou moins sauvé la vie.
— C'est vraiment un gentil garçon, insis-
tait-elle en me regardant, pleine d'espoir.
— Il a la passion des fleurs, ai-je dit en
prenant mon air le plus détaché. (Elle a
détourné le regard, vaguement déçue.) Et
ton livre, au fait, où en est-il ?
— Il avance, il avance. J'ai presque terminé le premier jet, je serais curieuse de
savoir ce que tu en penses.
Après le repas, Maman s'est mise en
devoir de chercher son sac à main. C'est
souvent une entreprise de longue ha-
leine : environ deux fois par semaine, elle
oublie où elle l'a mis et ne le retrouve
plus, et quelquefois nous devons nous y
mettre tous les quatre, et organiser une
battue, pour arriver à mettre la main
dessus. Mais cette fois Papa était en train
de prendre une douche, et Arthur était
enfoncé jusqu'aux chevilles dans un
grand rangement de sa chambre. Aussi

ai-je été la seule à me joindre à Maman et à chercher partout — tantôt sur la pointe des pieds, tantôt à quatre pattes — le sac à main porté manquant.

— Michael, criait Maman, en tambourinant à la porte de la salle d'eau. Mon sac n'est pas ici, par hasard ?

— Quoi ? a mugi Papa, depuis sa douche.

— Tant pis, laisse tomber.

— Quoi ?

— J'ai dit : laisse tomber.

— Laisse tomber quoi ?

— Laisse tomber.

Pour finir, j'ai retrouvé le sac perché sur le haut du frigo. Maman l'a pris sous son bras et l'a emporté dans sa chambre, et je l'y ai suivie.

— Maman... raconte-moi encore comment tu es tombée amoureuse de Papa.

— Oh, chérie, je te l'ai raconté des dizaines de fois.

— Oui, mais pas depuis longtemps. Une toute dernière fois, Maman.

— Bon, tu sais très bien que je suis entrée dans la pharmacie de son père parce que j'avais un orgelet. Il m'a dit comment le soigner, et quand je suis revenue le remercier, il m'a invitée au cinéma. Ce jour-là, j'avais un rhume atroce mais j'y suis allée quand même, à la suite de quoi il m'a envoyé un poème.

– Quel poème ? Je ne me souviens pas de ce détail-là.

Maman s'est mise à rire.

– Et c'est ça qui m'a tant plu en lui.

– Quoi, ce poème ?

– Hmm hmm.

– Oh, redis-le-moi, Maman, ce poème. Je ne m'en souviens plus du tout.

– Pourtant, j'ai bien dû te le dire cent fois.

*C'est bien la première fois que je vois*
*Quelqu'un d'aussi enrhumé que toi*
*Tu as le nez brillant, rouge comme un fanal*
*On dirait le museau d'un petit animal...*

– Il a dû écrire des quantités de poèmes sur toi, depuis, j'imagine.

– Oui, a reconnu Maman, et de plus beaux que celui-là, mais je crois bien que ce sont ces vers de mirliton que je préfère à tout.

J'ai toujours beaucoup aimé cette idée que Maman était tombée amoureuse de Papa à cause d'un quatrain à la noix.

J'aurais voulu lui dire que je croyais bien être tombée amoureuse moi aussi, parce qu'on venait de comparer mes taches de rousseur aux mouchetures d'une fleur — et d'une fleur rare, qui plus est. Et si Maman n'avait pas eu cette manie d'écrire, je crois que je le lui aurais dit. Mais le risque était trop grand.

Elle n'a pas vu que je la regardais, et que j'avais du mal à retenir ma langue. Elle souriait vaguement, perdue dans je ne sais quel souvenir.

Papa a fait irruption dans la chambre, enveloppé de son peignoir éponge élimé.
– Pourquoi tambourinais-tu à la porte de la salle d'eau ? a-t-il demandé à Maman. Pourquoi ne puis-je jamais prendre de douche sans que quelqu'un vienne cogner comme un sourd à la porte ?
– Je cherchais mon sac, a dit Maman, tout sourire.

Il a eu un petit ricanement.
– Tu cherchais ton sac, tiens donc ! Comme c'est original !

Mais j'ai bien vu qu'il se retenait de

sourire lui aussi, et d'ailleurs tous deux ont éclaté de rire.

Je me suis dit que c'était bon d'avoir des parents qui s'aiment bien. Et que j'étais sincèrement ravie que les parents de Jason ne soient pas en train de se séparer.

– Comment se fait-il que je ne l'aie toujours pas vu ? m'a demandé Karen le vendredi suivant, comme elle dormait à la maison.

Elle parlait de Jason, bien sûr.

– Il n'est pas là, parce que sa mère est absente pour quelques jours, c'est tout. Je t'ai déjà dit qu'elle s'absente un jour ou deux, toutes les semaines, et que pendant ce temps Jason va dormir chez une amie de sa mère.

– Bon, mais pourquoi ne me le montres-tu pas, au moins de loin, au collège ?

– Il ne va pas à notre collège.

– Tiens, pourquoi ?

– Il fréquente un collège privé. Il est très doué et sa mère tient beaucoup à ce qu'il reçoive un enseignement classique.

– Tu veux dire latin, grec et tout ça ?

– C'est ça.

– Beuh, tu parles si ça fait snob.

– Un peu, peut-être.

– Je ne comprends vraiment pas ce que tu trouves à un garçon comme ça.

– Écoute, Karen, lui ai-je dit en choisissant mes mots. Je ne t'ai jamais dit que je lui *trouvais* quelque chose — je ne suis pas amoureuse de lui, si tu veux savoir. C'est un copain, un bon copain, voilà tout. Je n'ai encore jamais rencontré quelqu'un qui lui ressemble, même de loin. Je le trouve passionnant. Tu n'as pas idée de tout ce qu'il peut savoir sur les plantes, les boutures, les graines...

Mais Karen n'écoutait plus.

– Oh, il faut que je passe un coup de fil, m'a-t-elle interrompue. J'avais dit à Timmy que je ne savais pas trop quand nous aurions fini de dîner, si bien qu'il valait mieux que ce soit moi qui l'appelle. Tu peux dire à ta mère que ça m'est égal qu'elle écoute.

De retour de sa petite causette, Karen m'a proposé, toute joyeuse :

– Timmy et moi allons faire du roller-skate au parc, samedi ; que dirais-tu d'amener ton... d'amener Jason — on pourrait se retrouver là-bas ?

— Oh non ! ai-je lancé, très vite.

— Et pourquoi non ?

— Parce que... parce que je ne suis même pas sûre qu'il soit de retour, et puis, aussi, j'ai d'autres projets.

Je n'allais certainement pas lui dire que Jason Furst ne tient pas sur un vélo, et moins encore sans doute sur une paire de roller-skates.

Pour ne pas me faire mentir, Jason n'est pas revenu de tout le week-end. Je me suis pelotonnée sur ma plate-forme déserte et nue, rêvassant à lui et aux mystérieuses circonstances entourant la disparition de son père. Il me semblait avoir une idée, une explication qui m'avait l'air logique, mais il fallait d'abord que j'en parle à Jason.

Je ne l'ai pas revu lundi, pour cause de lessive, mais dès mardi il est venu me rejoindre sur la plate-forme de secours.

— Alors, ce week-end ? ai-je demandé.

— Rasoir au possible. Barbant-barbifiant. Alice est super-gentille, mais elle n'a qu'une idée, me traîner aux réunions de son club des amateurs de plantes grasses, et moi je trouve ça soporifique.

Les plantes grasses, c'est à la portée du premier venu. Trop facile. Aucun intérêt.

Il m'a regardée, songeur.

– Au fait, c'est une idée. Voilà ce qu'il faudrait que vous cultiviez, chez toi. Peut-être que ça intéresserait ta mère.

– Peut-être.

– Tu me dis qu'elle aime les fougères. Mais le problème, avec les fougères, c'est qu'il faut avoir les doigts verts. Voilà des plantes hypersensibles. Elles n'aiment pas les courants d'air, ni les changements de température ; il faut les arroser à point, ni trop ni trop peu. Bref... Tandis que les plantes grasses — je suis sûr que même ta mère y arriverait. Tiens, tu pourrais en mettre ici, sur cette plateforme. C'est presque increvable, ces plantes-là. Pour les tuer, faut le vouloir... Au fait, tu ne sais pas ? Devine.

– Quoi ?

– J'ai reçu une nouvelle carte.

Elle venait de Salzbourg, Autriche. Le recto représentait une superbe roseraie, devant un très vieux château.

*Cher Jason*, était-il écrit au verso, *Cueillez dès aujourd'hui les roses de la vie. Nulle part ces mots ne m'ont paru plus justes qu'ici. Mais il ne faut pas oublier que chaque rose a ses épines. Tu me manques, comme toujours. Baisers,*

*Papa.*

La carte avait été envoyée à San Francisco directement. Jason n'avait pas besoin de me le faire remarquer, j'avais des yeux pour voir.

— Et toujours rien pour ta mère, ni carte ni lettre ? ai-je voulu savoir.

— Non, rien.

— Et pourtant, elle ne se plaint pas.

— Je pense qu'elle se retient de le faire, a dit Jason. Maintenant qu'elle va chez un psychiatre, j'imagine que c'est là-bas qu'elle se défoule de ses envies de pleurer ou de se plaindre. Avec moi, non, au contraire, elle fait de son mieux pour avoir l'air calme et pleine d'entrain. Mais je sens bien qu'elle a le cœur gros et des idées noires.

— Jason, il y a quelque chose que je voulais te demander. Comment s'appelle ton père, exactement ?

— Roger. Roger Franklin Furst.

– Tu n'aurais pas une photo de lui, par hasard ?

– Bien sûr que si. J'en ai même une dans mon portefeuille.

Il a soigneusement tiré la photo de son portefeuille et me l'a tendue. Ils figuraient tous deux sur cette photo — un monsieur très sympathique et un petit garçon maigre. Mêmes traits, même sourire. Je n'ai pas pu m'empêcher de remarquer :

– Dis donc, ce que tu lui ressembles.

Il n'a rien dit, mais j'ai senti son souffle devenir irrégulier, derrière mon épaule.

– Écoute, Jason, lui ai-je dit à mi-voix, pourquoi n'essaies-tu pas de croire que ton père est bel et bien en voyage d'affaires, finalement ? Pourquoi tiens-tu absolument à savoir où il est ? Peut-être que ta mère a de bonnes raisons de vouloir te le cacher, dis ?

– Je ne pense pas. Je ne vois pas quelles bonnes raisons elle pourrait avoir. Ou bien elle ne me fait pas confiance, ou bien elle essaye de me protéger. Mais moi je veux savoir la vérité.

– Veux-tu toujours que je t'aide ?

– Oui.

– Parce que, laisse-moi te dire, j'ai eu une autre idée, mais peut-être qu'elle ne te plaira pas du tout. C'est pour ça que je te demande de bien réfléchir, de savoir si tu es bien sûr de vouloir connaître la vérité.

Il a évité de me regarder, mais il a hoché la tête.

– Oui, j'en suis sûr. Sûr et certain.

Alors, je me suis lancée dans la démarche à laquelle je songeais. Parce que quelque chose me disait que Jason aussi se doutait de quelque chose, au point où il en était. Mais qu'il avait besoin de l'appui d'un ami pour franchir le dernier pas. Tout allait dans ce sens, tout — ces cartes truquées qui n'étaient adressées qu'à Jason, les mystérieuses absences hebdomadaires de sa mère — et maintenant, le psychiatre.

J'ai passé mon coup de fil depuis une cabine téléphonique, l'après-midi suivant, juste en sortant de classe. Puis je suis allée sonner chez Jason. C'est sa mère qui est venue m'ouvrir, et elle a esquissé un sourire poli quand elle m'a reconnue sur son seuil. Qu'allait-elle penser de moi, quand j'aurais tout dit à

Jason. Me le pardonnerait-elle jamais ?

— Bonsoir, madame, lui ai-je dit d'une voix étranglée. Jason est-il ici, s'il vous plaît ?

— Euh, oui... Je crois qu'il est ici.

— Pourrais-je le voir un instant, s'il vous plaît ?

Elle n'a pas fait un geste, mais Jason m'avait entendue et il a surgi derrière elle.

— Salut, Rebecca. Entre donc.

— Non, merci, j'aimerais mieux pas, mais que dirais-tu de venir faire un tout petit tour avec moi ?

— Maintenant, là, tout de suite ?

— Hmm hmm. J'ai un petit mot à te dire.

— Attends, je vais me couvrir un peu.

Nous sommes descendus le long de la rue et il s'est mis à bavarder comme une perruche. Rien ne pouvait plus l'arrêter. Il me parlait de cette pièce de théâtre grec que ses camarades et lui étaient en train de monter au collège, en utilisant des masques comme dans la Grèce antique. Ils allaient confectionner ces masques en papier mâché, et c'était tellement simple à faire que lui-même s'en sentait capable, et...

– Jason, j'ai donné un coup de fil important, aujourd'hui.

– Tu ne sais pas ? Nous devrions aller à
la bibliothèque, peut-être qu'ils ont quelque chose sur les masques grecs ?

– L'homme que j'ai eu au bout du fil a
voulu savoir mon âge.

– Mais je pense que je ferais mieux
d'aller à la bibliothèque principale, ou
peut-être à Berkeley, rien ne prouve
qu'ils aient grand-chose ici.

– Quand je lui ai dit que j'avais quatorze
ans, il n'était plus si sûr de devoir me
donner l'information que je lui demandais, mais je lui ai fait remarquer que ce
que je lui demandais était du domaine
public, alors il a accepté.

– Peut-être même que je pourrais
contacter un professeur de littérature
grecque.

– Jason, je sais où est ton père.

Il s'est tu, a tourné vers moi un visage
où se reflétait toute la misère du monde.
Déjà des larmes perlaient à ses cils.

– Il ne pouvait pas être ailleurs, tu
comprends, et je crois que tu le sais aussi
bien que moi. Ces cartes postales sont
une mise en scène. Et le fait que tu sois le

seul à en recevoir signifie tout bêtement que ta mère a un autre moyen de contact avec ton père. Peut-être est-ce pour cela qu'elle a voulu un second téléphone. Et quand elle s'absente, toutes les semaines, c'est lui qu'elle va voir, sûrement. Mais pourquoi tant redouter que tu l'apprennes, toi, où il se trouve ? Et pourquoi avoir besoin, elle, de l'aide d'un psychiatre ? Il n'y a qu'une seule explication qui tienne.

Jason regardait dans le vide, quelque part au-delà de ma tête. Il se taisait.
— Si tu préfères ne pas le savoir, je peux encore ne pas te le dire.

Une larme s'est détachée de ses cils et a roulé sur sa joue.
— Dis-moi seulement de me taire, et je me tairai, c'est promis.
— Non, a-t-il dit bravement. Je veux savoir.
— J'ai appelé le service de l'application des peines, tout à l'heure, Jason.

Je m'étais mise à pleurer à mon tour. Nous étions debout tous les deux, nous pleurions en silence. Et je le lui ai dit.
— Ton père est en prison.

# Chapitre 11

Maman a essayé de ne pas assener la nouvelle à Papa sans l'y préparer en douceur. Elle a commencé par mettre de la musique douce pour son retour à la maison (un samedi, par-dessus le marché !), et elle a attendu qu'il ait bu plus de la moitié de son verre de vin avant de lui annoncer la nouvelle.

– Ce soir ? a-t-il rugi. Ce soir ?

– Ecoute, chéri, a dit Maman. Je t'assure, j'ai fait de mon mieux, mais je n'ai pas pu l'en dissuader.

– Pourquoi ne lui as-tu pas dit que nous étions débordés ?

– Parce qu'elle m'a prise de court. Elle a

sonné, j'ai ouvert la porte, et elle était là, avec un grand sourire. J'ai failli tomber à la renverse.

– Je la croyais plus futée que ça, a commenté Papa. Je n'aurais jamais cru qu'elle allait tourner comme les Henderson.

– Calme-toi, on n'en est pas là. Simplement, elle est venue dire qu'elle nous invitait tous pour dîner, et qu'elle allait faire une grande paella et qu'elle voulait surtout que nous y soyons tous.

Papa a gémi, atterré.

– Mais ça n'a rien d'aussi atroce, Papa, ai-je voulu le réconforter. Jason dit qu'avant que son père aille en prison elle était une fine cuisinière. Elle n'a pas pu perdre la main si vite.

– Moi, je n'aime pas le poisson, a dit Arthur. Et encore moins les moules.

Mon père a vu là une planche de salut.

– Très juste. Arthur n'aime pas le poisson. Il me semble même me souvenir qu'il en a fait des crises d'urticaire, une fois ou deux, non ? Le mieux serait sans doute que je l'emmène quelque part manger un hamburger, et vous irez chez les voisins toutes deux.

212

— Oh, ne t'en fais pas, Papa, a dit Arthur. Je n'aime pas le poisson, mais je l'ai dit à Mme Furst, et elle m'a dit qu'elle ferait aussi du poulet frit.

— Dis donc, c'est rudement mal élevé de dire à quelqu'un qu'on n'aime pas ce qu'il compte vous servir, ai-je fait observer à Arthur.

— Pourquoi ?

— C'est comme ça ; ça ne se fait pas.

— Mais elle, ça lui était égal, tu sais, a dit Arthur. En plus, moi je trouve que c'est bien plus mal élevé de servir à ses invités des choses qu'ils n'aiment pas.

— Très juste, a dit Papa. Surtout pour une invitation comme ça, au pied levé, sans crier gare.

— Allons, allons, Michael, a précisé Maman. Tu sais très bien que tu adores la paella. De toute façon, on n'y va pas avant sept heures et demie, alors finis donc de boire ton vin tranquillement, et ensuite tu auras largement le temps de prendre une bonne douche chaude, et même de piquer un petit somme si le cœur t'en dit.

Papa s'est bravement efforcé de faire contre mauvaise fortune bon cœur, et à sept heures et demie nous étions tous prêts de pied en cap, sur le seuil des voisins d'en face.

C'est Maman qui a sonné. Contrairement à la première fois, nous avons entendu des pas qui se dirigeaient vivement vers la porte. Une souriante Mme Furst nous l'a ouverte tout grand.
– Entrez, entrez vite.
Ma mère lui a tendu l'un des cakes aux pruneaux de ma grand-mère.
– Je parie qu'il s'agit là d'un des fameux cakes aux pruneaux confectionnés par ta grand-mère, Rebecca. Jason m'a déjà dit plusieurs fois qu'elle est une pâtissière hors pair. Merci mille fois. Il me tarde d'y goûter à mon tour.

Nous avons dégusté notre paella — cuisinée dans une vraie poêle immense, sûrement authentique — et Arthur sa grande platée de poulet frit pour lui tout seul.
– Je tenais vraiment beaucoup à vous avoir tous à dîner, a dit Mme Furst, parce qu'il y a de fortes chances pour que je sois trop bousculée à partir de ces jours

prochains, et je ne voulais surtout pas que vous vous disiez : « Quelle voisine froide et distante ! »

Papa a nié vigoureusement, à grand renfort de coups de tête.

— Sûrement pas, sûrement pas ! Jamais nous n'aurions pensé chose pareille, chère madame, a-t-il affirmé, en toute sincérité.

— Si vous m'appeliez plutôt Gladys,... Michael ?

— Ne craignez surtout pas, Gladys, que nous vous trouvions trop distante.

— Hmm, j'ai bien peur, pourtant, que la première impression n'ait pas été très bonne, a repris Gladys Furst, en faisant passer le pain. Surtout auprès de Rebecca.

— Mais non, mais non voyons ! a protesté Papa.

— C'est gentil à vous, Michael, mais j'avais une telle hantise que Jason ne découvre tout, vous savez, que je crois bien en avoir un peu perdu la tête. Dieu merci, maintenant, il est au courant. Tout le monde est au courant, désormais, et j'ai bien moins honte, oh, oui ! bien moins honte, que je ne l'avais redouté.

– Est-ce qu'il porte un uniforme ? a voulu savoir Arthur.

Mme Furst n'avait pas l'air de comprendre.

– Oui, votre mari. Est-ce qu'il est obligé de porter l'uniforme ?

– Euh, oui, précisément, mais ça lui va très bien. C'est un fort bel homme, je dois dire, bien bâti, il a tant et tant jardiné, vécu au grand air, pris de l'exercice ! Enfin, quoi qu'il en soit, ce que je voulais vous dire, c'est qu'à partir de la semaine

prochaine je vais chercher un emploi, pour travailler à l'extérieur. Oh, il me tarde de m'y mettre. Mon mari a toujours eu ce défaut, peut-être : il nous couvait un peu, Jason et moi. Il devait penser que nous avions besoin de protection, comme ses plantes de serre. C'est pour ça, d'ailleurs, qu'il avait toujours besoin d'argent. Pour nous... Et le week-end, j'imagine, je descendrai à Chino — c'est à Chino qu'il est détenu — si bien

que je n'aurai pas beaucoup de temps pour sortir ou pour inviter mes voisins...

Papa s'est versé un peu de vin et a tenu à dire, avec un grand sourire :

— Mais nous ne vous en tiendrons pas rigueur, Gladys, ne vous inquiétez pas pour ça.

— Si vous voulez, a proposé Maman, nous pouvons prendre Jason chez nous quand vous vous absentez.

— C'est très gentil à vous, Catherine, mais mon amie Alice est si heureuse de l'avoir auprès d'elle !

— A partir de maintenant, a décrété Jason, je resterai ici tout seul.

— Mais Jason, a protesté Mme Furst, tu n'as que...

— Quatorze ans, a complété Jason, de sa voix la plus virile. C'est bien assez pour être capable de me débrouiller seul.

— Je n'en suis pas si sûre, a tenté de dire Mme Furst.

— Quatorze ans et demi, a précisé Jason.

— Bon, a fléchi sa mère, si tu t'en sens capable.

— Mais bien sûr, a soutenu Jason.

— D'autant plus qu'au fond, a repris sa mère, ce ne sera même pas tous les week-ends. De temps en temps, tu viendras avec moi et tu trouveras bien à t'occuper pendant que je serai avec ton père. D'ailleurs, j'ai une bonne nouvelle pour toi.

– C'est quoi ?

– Je ne voulais pas t'en parler avant d'en être absolument sûre, mais la prison autorise bel et bien les visites des familles. Il y a des appartements spéciaux pour les familles des détenus, et il se pourrait même que Papa viennent y passer le week-end avec nous. Mais bien sûr, bon nombre de détenus veulent profiter de cet avantage, si bien que ce ne sera certainement pas aussi souvent que tu le voudrais ; mais peut-être une fois par mois, ou toutes les cinq, six semaines.

Mme Furst n'en finissait plus de parler de son mari et de sa prison. A l'entendre, on aurait pu croire qu'il venait d'entrer à Harvard.

– Bien sûr, nous savions dès le début qu'il n'irait pas dans un établissement hautement surveillé ni à régime très sévère, mais tout de suite ils se sont aperçus qu'il n'était pas un détenu comme les autres. Il s'est fait un devoir d'indiquer au jardinier de la prison que la composition du sol laissait à désirer, et que le drainage y faisait problème. Il a proposé le remplacement des arbustes au nord du jardin, et il doit leur planter toute une plate-bande de plantes grasses, avec des quantités d'echeverias et d'aeoniums, de cotylédons et de crassulas. Ensuite, bien sûr, il espère les persuader de faire bâtir une petite serre pour des bégonias, et j'imagine qu'avant d'avoir fini son temps il en sera à donner des cours. Ils ont de la chance de l'avoir, c'est moi qui vous le dis. Et je sais de source sûre que la prison de Tehachapi aurait donné cher pour le prendre. D'après ce que j'ai entendu dire, ils ne savent même pas faire pousser des grandes marguerites, là-bas.

— Alors, Michael, a demandé Maman, une fois de retour chez nous. Était-ce si terrible, en fin de compte ?
— Non, a reconnu Papa. Mais d'après ce qu'elle dit, son mari ne devrait pas tellement tarder à sortir de prison. Et tu sais comment sont ces gens qui exami-

nent les demandes de mise en liberté sous caution : ils laisseraient sortir n'importe qui, de toute façon, même quelqu'un qui...

– Qui joue du piano ? lui ai-je demandé.

– Enfin, a soupiré Papa. Ce pourrait être encore pire, j'imagine. Il pourrait jouer du tambour.


J'ai parlé à Grandma de Jason et de son père, et je dois dire qu'au début elle a fait une drôle de tête. Elle était en train de regarnir notre congélateur d'une bonne réserve de gâteaux. Nous étions seules toutes deux à la cuisine.

– Et il a volontairement mis le feu à son entreprise ? Drôle d'idée, vraiment, a-t-elle dit.

– Mais c'était parce qu'il allait y avoir une grande exposition mondiale du bégonia, et qu'il craignait de ne pas pouvoir y assister parce qu'il avait trop de boulot. Il a tout simplement perdu la tête. Il s'est dit que s'il faisait brûler sa firme à l'insu de tous, il pourrait toucher l'argent de l'assurance et passer le restant de ses jours avec ses plantes.

– Et tu dis que son fils habite juste à côté ?

– Oui, mais ne t'en fais pas, Grandma. Il est vraiment très, très gentil.

– Je veux bien te croire, mais tout de même.

– En plus il est très intelligent, et très drôle.

Grandma a poussé un soupir.

– Autrement dit, tu l'aimes bien ?

– Oh, tu sais, nous sommes seulement copains.

– C'est bien ce dont j'avais peur.

– Ecoute, ce n'est pas comme si je l'épousais. Il est très gentil, je t'assure, et ce n'est pas sa faute à lui si son père a commis une bêtise. Il s'appelle Jason. Il sait des quantités de choses sur les plantes, il pense devenir botaniste, plus tard. Je lui ai parlé de ton palmier malade, et il m'a dit qu'il pensait être capable de diagnostiquer ce qui ne va pas.

– Bien, a dit ma grand-mère. Mais il y a encore une chose que j'aimerais savoir, à son propos.

– Quoi donc ?

– Ecrit-il des poèmes ?

– Non. Alors là, non. Pas du tout.

– Parfait, a dit ma grand-mère. En ce cas, je serai ravie de faire sa connaissance.

Jason m'a fait lire la lettre qu'il a reçue de son père.

*Mon cher Jason,*

*J'imagine qu'il fallait que tu saches, un jour ou l'autre. Ta mère me dit que tu prends la chose très bien — beaucoup mieux qu'elle ou moi ne l'avons prise. Il faut que je te demande pardon. Pas seulement pour t'avoir infligé cette affaire lamentable, mais pour t'avoir jugé incapable de la surmonter bravement.*

*Maintenant, tu sais la vérité sur moi. J'ai agi comme le dernier des imbéciles. Comme si l'argent était ce qu'il y a de plus important au monde. Grâce au ciel, il n'y a pas eu de victime. Sauf que, bien sûr, je t'ai fait du mal, comme j'en ai fait à ta mère et à moi-même. Si tu crois pouvoir me pardonner, je tâcherai de réparer ça.*

*Avec toute mon affection, Papa.*

*P.S. : Ci-joint le plan de mon projet de jardin pour l'angle nord-est de la prison. Tu noteras l'emplacement des bégonias tubéreux et fibreux. Que me conseillerais-tu ? Des* Coccinea *ou* des Diswelliana *ou les deux ?*

— Je viens juste de lui répondre, m'a dit Jason, et je lui ai parlé de toi.

— Tu ne lui as pas dit que c'était moi qui avais découvert qu'il était en prison, j'espère ?

— Oh, ne t'en fais pas, va. Il aime les gens intelligents, il ne t'en voudra sûrement pas. En plus, je vais te dire, au fond ils ont été soulagés tous les deux de constater que je ne suis pas une plante fragile toute prête à se recroqueviller à la moindre contrariété.

— Au fait, je n'ai jamais songé à te demander : comment faisaient-ils, pour poster toutes ces cartes depuis l'Europe ?

— Oh, mon père a toutes sortes de relations d'affaires et d'amis, là-bas. Ils lui fournissaient des cartes vierges, lui les écrivait à mon adresse et les envoyait là-bas sous enveloppe, d'où ses amis me les ré-expédiaient. La première avait été envoyée à notre ancienne adresse, à cause de notre déménagement précipité. Là, c'est Maman qui avait paniqué. Rien à voir avec la carte. Elle s'affolait à l'idée qu'un quelconque voisin — là-bas ou ici — découvre le pot aux roses et se mêle de me mettre au courant. Une fois installés ici, malgré tout, elle s'est sentie plus en sécurité, et c'est comme ça qu'elle a pu faire semblant d'être toute contente lorsqu'est arrivée la seconde carte. Mais maintenant ils se rendent bien compte, tous les deux, qu'il aurait mille fois mieux valu ne rien me cacher, dès le début.

Nous étions assis tous les deux dans l'herbe, sur une pelouse du parc Golden Gate, tout prêts à nous attaquer à la seconde leçon de bicyclette.
— Dans combien de temps ton père doit-il sortir, environ ?
— Un an. Peut-être un peu moins.
— Et quels sont vos projets, en attendant ?
— Eh bien, nous avons tous décidé de repartir à zéro, ici même. Maman cherche un boulot dans une pépinière.

Et peut-être que je vais me chercher un petit job à mi-temps, moi aussi. La vente de la maison de Santa Monica nous a laissé assez d'argent pour nous permettre de voir venir, heureusement. En plus, quand Papa sera remis en liberté, Maman et moi voulons absolument qu'il prenne un travail en relation avec les plantes. Peut-être achèterons-nous une petite pépinière, pour nous spécialiser dans le bégonia, par exemple... Pour le collège, je ne sais pas... Je pourrais décrocher une bourse — ou aller dans un établissement public, comme toi.

– Je suis contente que vous restiez ici, tu sais.

– Moi aussi, tu n'as pas idée. (Il souriait de toutes ses dents, et ses yeux riaient aussi.) C'est quand même incroyable, toutes ces taches de rousseur que tu peux avoir.

J'ai senti de nouveau mon sang battre à mes tempes. Allait-il le dire une fois de plus — que mon visage ressemblait au cœur d'une fleur de nomocharis ? Ou allait-il le comparer à une autre fleur mouchetée ? A un fruit ? A un légume ?

Mais non. Il avait autre chose en tête. Il a poussé un soupir.

— Tu es sûre qu'il le faut vraiment ?

— Quoi donc ?

— Que j'apprenne à faire du vélo.

— Non, si vraiment tu n'y tiens pas. Il y aura toujours des gens pour te traiter de mauviette et de demeuré, mais si franchement ça t'est égal...

Il s'est levé.

— Bon, on y va. Ce qu'il y a de bien, je pense, avec un vélo, c'est que ça vous donne un certaine autonomie, un rayon d'action plus grand. Et il y a pas mal de jardins que j'aimerais visiter, du côté de San Marin entre autres.


La leçon 2, malheureusement, a été encore moins concluante que la leçon 1.

— Regarde devant toi ! ai-je dû lui répéter plus de vingt fois, tout en le poussant par la selle et en trottant à côté de lui. Arrête de te retourner pour me regarder, et débrouille-toi pour rester bien droit.

— Ne me lâche pas ! me lançait-il sans arrêt.

— Je ne te lâche pas. Regarde devant toi.

Une vraie catastrophe.

C'était plus fort que lui, il se tortillait sans cesse. A un moment donné, j'ai senti le vélo gîter dangereusement vers la gauche. Je n'ai pas pu retenir et moins d'une seconde plus tard Jason gisait au sol, tout emmêlé dans cet engin dont une des roues tournait encore.

– Ouille aïe aïe, vagissait-il. Ma jambe !

Je me suis ruée sur lui, en émettant de vagues onomatopées de réconfort. J'ai tout de suite vu que la jambe gauche de son jean s'était superbement déchirée, et son genou osseux prenait l'air par l'accroc, couronné d'une belle écorchure.

– Là, là, ce n'est rien, va. C'est juste un peu écorché.


Il a levé vers moi un regard misérable. Ses yeux scintillaient de larmes. Que faire ? Quel est le meilleur remède pour empêcher quelqu'un de pleurer ?

Je l'ai embrassé. Ce n'était pas prémédité. Agenouillée à côté de lui, j'ai regardé son genou rouge, et puis je l'ai embrassé fort, sur la bouche. C'était le premier garçon que j'embrassais de ma vie (Arthur ne compte pas, bien sûr), si bien que ce n'était pas du grand art. Nous nous sommes cogné le front — gong ! — et nos dents se sont entrechoquées de bon cœur — clang !

Jason m'a regardée d'un air pensif.
– Tu es sûre que... que ça se doit faire comme ça ?
– Comment veux-tu que je le sache ? ai-je avoué. C'est la première fois, pour moi.
– Pour moi aussi, et laisse-moi te dire : tu as la tête dure.

Il s'est frotté le front, l'air grave, mais il ne pleurait plus du tout.

Ce soir-là, Maman m'a demandé de lire le premier jet de son fameux *Premier Amour*. Je l'ai lu d'un bout à l'autre, pendant que Maman, nerveusement, déambulait dans le couloir. Le premier baiser de Melanie et Jim n'avait pas grand-chose à voir avec le nôtre, à Jason et à moi.

     « Jim était tout près d'elle, et elle frissonnait de le sentir si proche.
    — Melanie, lui dit-il. Je n'avais

jamais rencontré de fille comme toi.

Elle ne savait que lui dire. C'était le plus beau des garçons de terminale, celui qui avait le plus de succès. Il y avait si longtemps qu'elle l'admirait en silence ! Elle avait peine à croire qu'aujourd'hui il était là, devant chez elle, et que c'était leur troisième rendez-vous.

— Pour Mary Beth, tu sais tout, lui dit-il.

— Tu n'as pas à te justifier, murmura-t-elle.

— Et pour Ellen, tu sais...

— Je sais, tu avais pitié d'elle.

— Et pour Barbara...

— Elle ne voulait pas te lâcher.

— Mais je t'assure, tu es la seule fille que j'aie jamais vraiment respectée.

Elle détourna les yeux. Pourvu qu'il ne voie pas ses joues en feu !

— Ce jour où tu as sauvé la vie de ma chienne, murmura-t-elle enfin, tu sais, ce jour où tu l'as quasiment tirée de dessous les roues du camion, j'ai seulement éprouvé de la reconnaissance pour toi. Mais maintenant que je t'ai vu avec tes propres animaux — la façon dont tu as guéri cette tortue, dont tu as aidé cette chatte à mettre ses petits au monde...

Il avait passé un bras autour de sa taille, et délicatement, de son autre main, il amenait son visage vers le sien.

— Melanie ! murmura-t-il.

— Jim..., répondit-elle.

Et lentement, puissamment, leurs lèvres se rencontrèrent, et le monde s'immobilisa le temps de leur premier baiser... »

Je n'ai vraiment pas l'impression que le monde ait cessé de tourner pour mon premier baiser. Je dirais même que ma lèvre a enflé, dans la soirée, là où le contact avait été trop rude entre mes dents et celles de Jason. J'ai eu un peu envie de pleurer quand j'ai lu la description super-romantique du premier baiser de Melanie sous la plume de ma mère, mais j'ai éclaté de rire quand j'ai vu ma lèvre gonflée dans le miroir de la salle d'eau.

# Chapitre 12

J'ai dit à Maman, en gros, ce que je pensais de son livre.

— Il est très chouette. Vraiment. Je l'aime bien.

Maman a battu des paupières.

— Mais si. Et cette fois, bravo : c'est bien le premier livre que tu écris dans lequel je ne me retrouve pas.

— Je te l'avais dit, a triomphé Maman, que tu ne serais pas dedans.

— D'accord, mais tu avais déjà dit ça des tas de fois.

— Il faut dire que tu es hypersensible à ces choses-là, chérie, avoue-le.

— Non, je t'assure, je ne pense pas. Mais

cette fois-ci, pour une fois, c'est vrai, ton héroïne n'a rien à voir avec moi. Je la trouve plutôt sympathique, pas idiote — une fille bien. Je suis ravie qu'elle devienne très forte au *tae kwon do**, et je trouve formidable son amour des animaux.

– Oui, mais là, sauf erreur, toi aussi tu les aimes bien.

– Assez, mais pas tous. Pas les lapins, par exemple.

– Bon, et Jim, que penses-tu de lui ?

– Jim ? Il est formidable. Parfait skieur, excellent nageur, grand et fort et courageux. De quoi faire tourner la tête à la plupart des filles.

Maman m'écoutait en souriant. La tête légèrement inclinée de côté, elle arborait son sourire « dents blanches ».

– Voilà, c'est tout.

– Merci, ma chérie. Ai-je le droit de sourire ?

– Pas de ce sourire-là, s'il te plaît. De quoi parlera ton prochain livre ?

– Je n'en sais encore trop rien.

– Alors, laisse-moi te dire : que ce ne soit

* Tae kwon do : art martial oriental.

pas encore une histoire d'amour. S'il te plaît. Autre chose.

– J'y pense, a dit Maman, suave. Ce sera peut-être une histoire à énigme. Je n'en ai jamais écrit, encore. Quelque chose me dit que ça m'amuserait.

J'étais sûre qu'elle songeait à l'histoire du père de Jason, et j'avais le pressentiment que dans son prochain roman il y aurait une *fille* — une Alexia par exemple — dont la *mère* disparaîtrait subitement. Peut-être la retrouverait-on dans une prison d'Amérique du Sud, ou enlevée par un groupe de terroristes complètement dingues. A coup sûr, parmi les ingrédients, il y aurait des *yeux très clairs* et des *cheveux très sombres*. Une fois de plus, ce serait mon histoire, mais tout inversée pour mieux se cacher, et en plus palpitant, plus pittoresque, plus échevelé.

Mais après tout, je m'en moquais. C'était nouveau, mais finalement, oui, tout ça m'était égal. Parce qu'elle aurait beau faire, elle aurait beau broder, rien de ce qu'elle écrirait n'approcherait ce que je ressentais à présent.

– Bonne idée, lui ai-je dit. Et bonne chance. Si je peux t'aider si peu que ce soit, n'hésite pas. Au fait, où vas-tu avec cette plante ?

Maman serrait contre son cœur un gros saintpaulia violet.

– Je pars à la recherche d'une fenêtre à l'ouest, a-t-elle répondu en plongeant un regard attendri dans la rosette de feuilles velues. Je crois qu'il prend un peu trop le soleil, dans ma chambre, le pauvre chou.

– Ah ? C'est Jason qui t'a dit ça ?

– Oui. D'après lui, dans ma chambre, je ferais mieux de m'en tenir aux plantes grasses. Il estime que les fougères sont vraiment trop capricieuses pour moi. Je ferais mieux de m'en tenir aux plantes grasses, avec peut-être un ou deux saint-paulias, des variétés les plus robustes, dans les pièces orientées à l'ouest.

– Tu ne sais pas ? Moi, elles me manquent, toutes ces plantes malades qui végétaient sur la plate-forme.

– Mais Jason t'a donné ces deux belles crassulas. Je les trouve splendides, pas toi ?

– Si, mais tu vois, je ne sais pas, elles sont en si belle santé qu'elles en ont l'air presque animées, au point que j'en suis presque gênée de manger des bonbons devant elles.

— Aha, a apprécié Maman sur un ton de connaisseur. Voilà qui ne ferait pas si mal, dans mon prochain roman, pourquoi pas ? Je sens que mon héroïne va adorer les plantes...

— Comme tu voudras, lui ai-je dit.

Et nous l'avons pris, finalement, notre thé au Jardin japonais, Jason et moi. Nous n'avions pas assez d'argent, pour changer. J'avais pensé que l'entrée ne coûtait que vingt-cinq cents pour les enfants, mais je ne savais pas que c'était pour les enfants de moins de douze ans.

— Aucun problème, m'a dit Jason. Moi je me fais couramment passer pour un moins de douze ans, au cinéma.

— D'accord, mais pour moi, tu m'avoueras...

Il m'a examinée de la tête aux pieds, en s'attardant, comment toujours, sur mes taches de rousseur.

— Ecoute, a-t-il fini par me dire. Voûte-toi un peu, rentre ta poitrine, je me charge du reste.

– Deux entrées « enfant », a-t-il lancé au guichetier.

L'autre l'a regardé, a fait oui de la tête, puis non en me regardant.

– Quel âge as-tu ? m'a-t-il demandé.

– Douze ans, a répondu Jason.

– Non, pas toi, elle ! a dit le guichetier.

– Mais je suis son frère, a assuré Jason.

– Ah ouais ? Et quel âge as-tu, toi ?

– Douze ans aussi. Nous sommes jumeaux.

Jason ouvrait sur le bonhomme des yeux immenses, sombres et profonds d'innocence.

L'homme a eu un ricanement incrédule. Un plein autocar de touristes déversait sa cargaison à quelques pas de l'entrée, et la queue au guichet s'est allongée en un clin d'œil de plusieurs mètres. Moi, je sentais monter le fou rire et j'avais fort à faire de ne pas exploser comme une marmite à pression.

– Des jumeaux ? a répété le guichetier, incrédule.

– Oui, a dit Jason. Je sais, nous ne nous ressemblons pas, mais c'est qu'elle tient de notre mère, qui a des taches de rousseur et les coudes pointus. Moi, je tiens davantage de notre grand-père paternel, mais ma grand-mère pense...

— Est-ce bien ici qu'on achète les tickets d'entrée ? a demandé derrière moi une voix de femme.

— Mais pourquoi ça n'avance-t-il pas ? s'est impatientée une grosse voix un peu plus loin dans la file.

— Croyez que c'est qu'ils réclament les passeports ?

Et Jason poursuivait, intarissable :

— ... Comme son frère, et du côté de son père tout le monde avait les cheveux bouclés, mais...

— Oh, ça va, ça va ! a décidé le guichetier, à bout de résistance. Une entrée pour toi, une pour ta sœur, et maintenant FILEZ !

— Oh, dis donc ! s'est écrié Jason au bout de vingt pas. Regarde un peu ce magnifique *Pinus radiata* !

Mais j'étais trop occupée à retenir encore mon fou rire.

— Toi et moi, jumeaux ? Tu ne crois pas que tu y vas fort ? ai-je fait remarquer à Jason, au détour de la première allée. Et puis, au fait, oui, qu'est-ce que c'est que cette histoire de coudes pointus ?

Pour le punir, je lui ai décoché dans les côtes un bon coup de mon coude pointu, mais je n'ai pas pu ponctuer ce geste d'un coup de genou pointu quelque part ailleurs, parce qu'il avait sauté de côté.

Nous nous sommes trouvé un banc idéal sur la terrasse de la maison de thé, juste au bord de l'étang. Tout en grignotant ses biscuits et en sirotant son thé, Jason a veillé à mon éducation. Je crois que tous les végétaux de notre champ de vision y sont passés, avec leur nom latin, leur nom anglais, leur variété.
— Regarde-moi ce beau *Pinus thunbergiana* — euh, pardon, ce pin du Japon, en espalier contre le treillage de bambou. Quel endroit extraordinaire ! Je suis drôlement content d'être venu.

Nous avons fini notre thé et sommes allés nous balader à l'aventure à travers les allées du jardin. Jason s'est extasié sur les conifères nains, sur les érables, les bambous — bref, sur tout ce qui poussait là, jusqu'à la plus petite mauvaise herbe. Nous avons regardé les énormes poissons rouges évoluer sous les nénuphars, et terminé notre périple au pied du pont de la Lune.

— Ainsi nommé, m'a expliqué Jason, parce qu'avec son reflet il forme un cercle parfait.

— Oui, et de là-haut, paraît-il, tu vois merveilleusement ton reflet. Viens, on monte.

— Oh, je ne sais pas, a renâclé Jason. J'aurais un peu peur de dégringoler, moi, de là-haut.

— Cette idée ! Bien sûr que non. D'ailleurs, je serai derrière toi. Allez, viens.

Je suis restée derrière lui et je l'ai poussé, hissé, jusqu'au sommet du demi-cercle. Il s'est cramponné à la rambarde, mais une fois là-haut il a été ravi. Nous avons refait l'escalade au moins cinq ou six fois, après ça.

— Tu ne sais pas ? m'a-t-il dit plus tard, comme nous faisions une petite halte sur les marches du temple shintoïste. Je me suis mesuré, aujourd'hui. Devine combien je fais ?

— Je ne sais pas.

— Un mètre cinquante-huit.

— Oh, pas mal !

Je n'ai pas eu le cœur de lui dire que je m'étais mesurée la semaine d'avant, et que je faisais maintenant un mètre soixante-quatre.

– Je crois que j'entame ma poussée de croissance, a poursuivi Jason. Il y a un type, dans ma classe, qui m'a dit qu'il avait pris dix centimètres en un an.

– Pas mal.

– Autrement dit, si je prends dix centimètres cette année, mettons d'ici octobre prochain, je ferai pas loin d'un mètre soixante-dix, déjà.

– Hmm.

Il a tendu le bras, gauchement, et a pris ma main dans la sienne. La sienne qui était toute moite.

– Alors, qu'en penses-tu, dis-moi ? Peux-tu attendre encore un an ?

– Attendre quoi ?

– Que je fasse dix centimètres de plus.

– Ne raconte donc pas d'âneries, lui ai-je dit, tout en priant le ciel très fort pour que ma main ne devienne pas toute moite elle aussi. Quelle importance veux-

tu que ça ait pour moi, que tu sois grand
ou pas ?

— Tu parles sérieusement ?

— Tout ce qu'il y a de plus sérieusement.
  Il a examiné ma main.

— Regarde, Rebecca. Tu as une petite
main, et regarde la mienne.

Il a placé nos mains l'une contre
l'autre et c'était vrai, la sienne était déjà
bien plus grande que la mienne.

— Tu vois, a-t-il conclu. Je crois vraiment
que pour finir je serai nettement plus
grand que toi. Parce que ma main est
drôlement plus grande.

— Mais ne t'en fais donc pas pour ça.

— Je ne m'en fais pas. Je me demandais
seulement pourquoi ta main transpire
comme ça.

— Dis donc ! ai-je protesté haut et clair.
Tu exagères, c'est la tienne qui transpire.

— Bon, enfin, peu importe ; on s'essuie
chacun la main et on recommence.


Et, en nous essuyant la main à nos
jeans, chacun de son côté, de temps à
autre, nous nous sommes tenus par la
main à peu près tout l'après-midi, qui n'a
vraiment pas paru long.

Jason m'a appelée le soir même, et quand je suis allée répondre, j'ai entendu Maman à la cuisine, occupée à se préparer une tasse de café-prétexte.

– Hé, Rebecca, devine.

– Quoi ?

– Je crois que ma voix est en train de muer.

– Tu veux rire ?

– Non, je t'assure. Écoute bien, et dis-moi ce que tu en penses.

J'ai écouté, et j'en ai pensé que c'était toujours la même voix — une voix de fausset, haut perchée.

– Tu sais, c'est difficile à dire, au téléphone.

– Bien, alors, on verra ça demain. A demain. Non, attends... Demain, je ne peux pas, j'ai une réunion du Club des amateurs de bégonia. Mais après-demain, sans faute, d'accord ?

– D'accord, et tu aurais envie d'aller où, par exemple ?

– Où tu voudras, pourvu que ce ne soit pas en vélo.

– Tu n'es pas en train de renoncer, dis-moi ?

– Ah, je ne demanderais pas mieux, si tu m'y autorisais. Si tu veux savoir, il y a un certain nombre de choses, dans la vie, dont j'ai décidé qu'elles n'étaient pas faites pour moi. Monter sur un vélo figure bien haut dans la liste.

– Apprendre à ne pas pleurer vient tout de suite après, je parie.

– Je ne déteste pas pleurer.

– Pour ça, je suis au courant. Mais attends, je voulais te demander quelque chose.

– Vas-y.

– A ton avis, où pourrais-je voir un nomocharis en fleur ?

– Un nomocharis ? Diable ? Où as-tu entendu parler de ça ? Ne me dis pas que tu te mets à la botanique, si ?

Il avait tout oublié, et je me voyais mal lui rafraîchir la mémoire sur ce point.

– Peu importe comment j'en ai entendu parler, dis-moi plutôt où en voir ?

– Oh, à Perth, en Écosse. Un jour, Papa et moi avons fait le voyage tout exprès, pour admirer la collection d'un mordu de ces plantes qui les réussit à merveille. Ce sont des végétaux très durs à cultiver, mais si tu savais comme leurs fleurs sont belles ! Elles sont rose et blanc, et l'intérieur de la corolle est tout piqueté, tout moucheté comme...

J'attendais la suite.

– Comme... Voyons, comment dire... Oh, comme — tu ne sais pas ?
– Non, je donne ma langue au chat.
– Un peu comme ton visage, voilà. Avec tes taches de rousseur, tu ressembles à un nomocharis en fleur.

J'ai pris une large aspiration.
– Ah ? Merci. A après-demain, donc — mais attends, laisse-moi te dire : ça m'est bien égal, tu sais, que tu ne veuilles pas apprendre à faire du vélo, que tu sois pleurnichard sur les bords et que tu mesures cinq ou six centimètres de moins que moi. Tu me dois quarante cents que je ne reverrai sans doute jamais. Mais je t'aime bien tel que tu es. Et que ta voix soit en train de muer ou non, je suis fière de t'avoir pour copain.

Maman avait les yeux brillants, curieusement, quand j'ai raccroché.

– Hé, qu'est-ce qui t'arrive ? lui ai-je demandé. Une poussière dans l'œil ?
– Euh, non... Mais ça doit être quelque chose dans le café, a-t-elle vaguement bredouillé.

Mais moi je savais bien que le café n'y était pour rien.

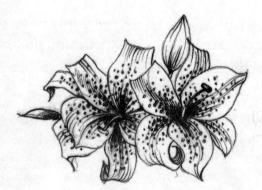

# Table des matières

| | | |
|---|---|---|
| Chapitre | 1 | ..................................... | 7 |
| Chapitre | 2 | ..................................... | 21 |
| Chapitre | 3 | ..................................... | 41 |
| Chapitre | 4 | ..................................... | 63 |
| Chapitre | 5 | ..................................... | 81 |
| Chapitre | 6 | ..................................... | 103 |
| Chapitre | 7 | ..................................... | 127 |
| Chapitre | 8 | ..................................... | 147 |
| Chapitre | 9 | ..................................... | 169 |
| Chapitre | 10 | ..................................... | 191 |
| Chapitre | 11 | ..................................... | 211 |
| Chapitre | 12 | ..................................... | 233 |

Un texte au dos de chaque couverture vous présente les héros, leur âge, les thèmes abordés dans le récit. Vous pourrez ainsi choisir votre livre selon vos interrogations et vos curiosités du moment.

Au début de chaque ouvrage, l'auteur, le traducteur, l'illustrateur sont présentés. Ils vous invitent à communiquer, à correspondre avec eux.

CASTOR POCHE
Atelier du Père Castor
7, rue Corneille
75006 PARIS

## 125 la petite maison dans la prairie (tome 2)
### par Laura Ingalls Wilder

«Au bord du ruisseau» : second tome de la célèbre autobiographie où l'auteur raconte sa jeunesse dans l'Ouest américain des années 1870/1890. Laura et sa famille quittent la petite maison dans la prairie à la recherche d'un coin plus paisible. Après un nouveau périple en chariot, ils s'installeront dans une étrange petite maison au bord du ruisseau.

## 126 Olga, Oh! la la!
### par Evelyne Reberg

Olga, dix ans, élève de CM1, est très attentive à l'opinion et aux bavardages de ses camarades de classe. Sa mère, Hongroise à la personnalité quelque peu exubérante, n'est pas sans lui poser des problèmes. Pourtant cela n'entrave en rien leur complicité, bien au contraire. Cinq récits pleins d'humour et de tendresse.

## 127 l'énigme de l'Amy Foster, (senior)
### par Scott O'Dell

A seize ans, Nathan est mousse sur le trois-mâts de ses frères. Ils recherchent l'épave de l'Amy Foster, un baleinier disparu dans des circonstances troubles et qui transportait une fortune en ambre gris. Mais l'épave reste introuvable et un vent de mutinerie souffle sur l'équipage...

## 128 est-ce que les tatous entrent dans les maisons ?
### par Jonathan Reed

De la phobie des légumes verts à l'angoisse de la leçon de calcul en passant par les vieilles tantes inconnues et les baisers mouillés, ce livre, rubrique après rubrique, nous parle avec humour des soucis quotidiens qui obscurcissent le ciel de l'enfance.

## 129 des chevaux tête haute
### par Barbara Morgenroth

Corey et son père sont aussi passionnés d'équitation l'un que l'autre. Mais ils ne vivent pas cet amour du cheval de la même façon. Eprouvée par les échecs successifs de son père, Corey décide de se hisser au niveau de la haute compétition. Mais pourra-t-elle dépasser ses limites ?


## 130 les 79 carrés
### par Malcolm J. Bosse

Lorsqu'il fait la rencontre de M. Beck, Éric est au bord de la délinquance. A quatorze ans, il rejette tout de la société et ses parents comprennent mal la confiance qu'Éric accorde à ce vieil homme, ancien détenu. Pourtant, c'est auprès de lui qu'Éric va réapprendre à VOIR le monde qui l'entoure... Mais bientôt, le village entier se ligue pour les séparer.


## 131 le plus délicieux des délices
### par Natalie Babbitt

Dans un étrange royaume, le messager du Roi a douze ans et doit enquêter auprès des sujets de sa Majesté pour connaître leur opinion sur une question de la plus haute importance. Quel est, à leur avis, le plus sublime délice ? L'affaire est grave...


## 132 si j'étais moi
### par Mary Rodgers

Au même instant, Dan et son père formulent le même vœu : « je voudrais bien être à sa place ! » Quelle est de ces deux situations la plus difficile à vivre ? Se retrouver, à douze ans, dans la peau d'un homme de quarante ans ou, à quarante ans, dans la frêle carcasse d'un garçon de douze ans ? En tout cas, cela provoque des quiproquos en cascade...

### 133 le voyage de Nicolas
par Jean Guilloré

En vacances au Sénégal avec ses parents, Nicolas part à la découverte du port de Dakar. Il y rencontre Aimé, un jeune Sénégalais de son âge. Les nouveaux amis, à la suite d'un événement imprévu, vont accomplir ensemble un trajet en pleine brousse. Une aventure qui révèle à Nicolas une Afrique fascinante.

### 134 la petite maison dans la prairie (Tome 3)
par Laura Ingalls Wilder

« Sur les rives du lac » : troisième tome de la célèbre autobiographie où l'auteur raconte sa jeunesse dans l'Ouest américain des années 1870/1890. L'hiver dans leur maison au bord du ruisseau a été très pénible. Alors quand on propose au père de Laura un travail sur la ligne de chemin de fer, la famille Ingalls n'hésite pas à entreprendre un nouveau périple sur le territoire du Dakota.

### 135 l'oiseau du grenadier - contes d'Algérie
par Rabah Belamri

Dix-sept contes recueillis dans un village de Kabylie. De vrais contes, souvent drôles, parfois cruels, où la magie est omniprésente et dans lesquels la tendresse, l'humour et la dérision se font les garants de toute une tradition orale. Ces contes parleront à tous d'une culture authentique et colorée.

### 136 un wagon au centre de l'univers
par Richard Kennedy

Parti pour découvrir le monde, un garçon de seize ans se glisse clandestinement à bord d'un train de marchandises. Dans ce wagon, l'adolescent trouve un compagnon de voyage, Ali, un vieux vagabond qui se lance dans un récit étrange et fascinant, aux confins du vraisemblable et du fantastique. Un voyage au centre de l'univers certes mais aussi une exploration de soi-même...

## 137 **La reine de l'île**
### par Anne-Marie Pol

Au large des côtes bretonnes se dresse l'île de Roc-Aël. Liselor et Grand-Père y vivent seuls, heureux, dans le vieux manoir familial délabré. Pourtant, à la veille de ses douze ans, Liselor sent ce bonheur menacé. Quel est donc le secret qui tourmente de plus en plus Grand-Père ?

## 138 **Risques d'avalanche !**
### par Ron Roy

Scott, quatorze ans, va passer huit jours à la montagne chez son frère aîné Tony qu'il n'a pas revu depuis six ans. Malgré les risques d'avalanche et les interdictions, Tony emmène Scott skier dans un coin « secret et reculé ». Grisés par la descente, les garçons ne peuvent rien contre l'énorme vague blanche qui déferle sur eux... C'est le drame.

## 139 **La dernière pêche du Blue Fin**
### par Colin Thiele

Snook, quatorze ans, rêve depuis longtemps d'être admis à bord du thonier de son père. Le voilà enfin sur le *Blue Fin* ! Mais une brusque tornade emporte l'équipage et blesse grièvement son père. Snook reste le seul homme valide à bord du *Blue Fin* dévasté. Pourra-t-il le ramener jusqu'à Port Lincoln et sauver sa précieuse cargaison de thons ?

## 140 **Le Roi des babouins (senior)**
### par Anton Quintana

Le père de Morengarou est un Masaï, sa mère, une Kikouyou ; deux tribus ennemies d'Afrique Centrale. Morengarou n'est accepté ni par les uns, ni par les autres. Et le voici banni. Après des jours d'errance, il doit affronter une troupe de babouins dont il tue le chef. Bien que blessé et mutilé, Morengarou devient le nouveau Roi des babouins. Mais est-ce vraiment sa place ?

Cet
ouvrage,
le cent-quarante-
troisième
de la collection
CASTOR POCHE,
a été achevé d'imprimer
sur les presses de l'imprimerie
Brodard et Taupin
à La Flèche
en mars
1986

Dépôt légal : avril 1986.
N° d'Edition : 15143. Imprimé en France
ISBN : 2-08-161859-1
ISSN : 0248-0492